Buch

Seit einigen Jahren notiert sich die Autorin Anke Dunker die zum Teil nervenaufreibenden und kräftezehrenden Episoden, die sie als Lehrerin an einem Gymnasium erlebt.

Dabei skizziert sie nicht nur die Erlebnisse mit ihren Schülern, sondern notiert auch die zum Teil irrwitzigen Gespräche mit den Eltern der Schüler. Auch die Verhaltensweisen ihrer Kollegen nimmt sie augenzwinkernd aufs Korn.

Die Sammlung dieser Aufzeichnungen, die mit den lustigen Illustrationen von Sabrina Deets garniert werden, gibt den Lesern auf humorvolle Weise einen Einblick in den Schulalltag einer Lehrerin.

Die Autorin wünscht sich, dass nicht nur sie selbst, sondern auch ihre Leserinnen und Leser darüber lachen können.

Autorin

Anke Dunker, Jahrgang 1961, unterrichtet als Oberstudienrätin an einem Gymnasium die Fächer Mathematik, Englisch und Musik. Außerdem leitet sie den Schulchor der 5. und 6. Klassen an der Schule.
Obwohl die Schüler ihr Nervenkostüm sehr oft strapazieren, gibt es für sie keinen schöneren Beruf und sie ist Lehrerin mit Leib und Seele.

Anke Dunker

Oh - Vergessen!

Der ganz normale Wahnsinn
im Schulalltag einer Lehrerin

Illustriert von Sabrina Deets

Bibliografische Information der Deutschen
Nationalbibliothek:

Die Deutsche Nationalbibliothek verzeichnet diese
Publikation in der Deutschen Nationalbibliografie;
detaillierte bibliografische Daten sind im Internet
über http://dnb.dnb.de abrufbar.

© 2014 Anke Dunker

Illustrationen: Sabrina Deets

Umschlaggestaltung: Fabian Junge

Herstellung und Verlag:
BoD – Books on Demand, Norderstedt

ISBN: 978-3-7322-9619-4

Vorwort

Als Lehrerin erlebt man im Unterricht ständig, dass Schüler etwas vergessen: Materialien, Hausaufgaben, Zettel für die Verwaltung und Geld, das von uns Lehrern für verschiedene Zwecke eingesammelt werden soll. Insbesondere die Zahlungsmoral lässt häufig zu wünschen übrig, sodass die meisten Kollegen bei Klassen- oder Studienfahrten die Anzahlungen privat vorfinanzieren, weil viele Schüler und deren Eltern es nicht schaffen, termingerecht zu überweisen.

Allein diese Dinge erzeugen schon einige Frustrationen unter den Lehrern. Aber besonders belastend ist es, wenn mit einer Gruppe unter Zeitdruck für Aufführungen geprobt wird und auch dann viele unvorhergesehene Hürden zu nehmen sind, die durch die nicht böse gemeinte mangelnde Verantwortung einzelner Schüler oder deren Eltern entstehen. Als Musiklehrerin und Chorleiterin an einem Gymnasium hatte ich die Verpflichtung schulische Veranstaltungen musikalisch zu umrahmen:
Einschulungsfeiern, Abitur-Entlassungsfeiern, Einweihungsfeiern, Weihnachtsfeiern, Schul-Andachten und Konzerte.

Ich hatte während meiner Tätigkeit immer mal wieder einige Dinge aufgeschrieben, um mir darüber klar zu werden, warum ich nach solchen Tagen immer so erschöpft und zum Teil auch sehr frustriert war. Die Aneinanderreihung der Vorkommnisse führte zu einer gewissen Komik und einige Kollegen, denen ich meine Berichte zukommen ließ, fragten nach weiteren Aufführungen schon, ob es wieder eine Fortsetzung geben würde. Daher habe ich beschlossen, dieses Buch zu schreiben, um darin all diese Texte zu sammeln.

Fairerweise muss man sagen, dass der Lehreralltag nicht nur durch das Schülerverhalten beeinträchtigt wird. Auch so manche Kollegen vergessen im Eifer des Gefechts ihre Verantwortung dem Kollegen gegenüber.

Und dann sind da auch die Firmen, mit denen wir es zu tun haben, die auch nicht immer so strukturiert sind, dass Abläufe zügig und verlässlich gestaltet werden können.
Auch solche Dinge sind in diesem Buch mit aufgenommen.

Viele Kollegen, die von einer Klassenfahrt zurückkehren oder z.B. ein Sportfest gestalten, erkannten in meinen Texten die Verhaltensweisen der Schüler wieder und jeder könnte ähnliche Beiträge zu diesem Buch liefern.

Wenn Personen außerhalb von Schule die Texte lesen, sind sie beeindruckt über die Nervenstärke, die ein Lehrer aufbringen muss. Deshalb hoffe ich auch, mit diesem Buch dazu beitragen zu können, unter den Lesern Verständnis dafür zu wecken, wenn ein Lehrer nicht in jeder Situation überlegt und besonnen reagiert. Denn nicht zuletzt ist es auch ein Versuch darzustellen, dass wir Lehrer auch nur normale Menschen mit Belastbarkeitsgrenzen sind.

Davon abgesehen möchte ich auf unterhaltsame Weise den ganz normalen Wahnsinn des Lehreralltags darstellen. Dabei handelt es sich ausschließlich um wahre Begebenheiten.

Lediglich die Namen meiner Kollegen und Schüler sowie den Ort des Geschehens habe ich geändert. Firmennamen und die Namen der Mitarbeiter sind ebenfalls erfunden.

Anmerkung: In meinen Texten verwende ich aus Gründen der besseren Lesbarkeit immer die maskuline Form für *Schülerinnen und Schüler*, *Kolleginnen und Kollegen* sowie *Lehrerinnen und Lehrer*.

Für meine Eltern,
die mich auf meinem Weg zu meinem
Wunschberuf unterstützt haben.

Im Gedenken an meinen Vater,
der immer stolz war, dass ich Lehrerin wurde,
aber es leider nicht mehr erleben durfte.

Inhaltsverzeichnis

Das T-Shirt-Problem 13

Hat noch jemand eine Frage? 26

Abiturienten-Entlassungsfeier
– Weiter geht's! 40

Planung eines Workshops der Mathematik
Fachschaft 57

Ferienlektüre für die Kollegen 61

Projekt „Mini-Musical" in der 7d 69

Sommerkonzert
– Generalprobe und Aufführung 102

Eine Klassenfahrt ist lustig 119

Und noch eine Fahrt 124

Der 13. Strich 128

Das Känguru lässt sich nicht antreiben 142

Unsere Frau Hemmerich 155

Schulleiter sind auch nur Menschen 166

Das T-Shirt-Problem

Der neu gebaute Oberstufentrakt unserer Schule soll eingeweiht werden.

Vormittags findet ein Festakt statt, an dem mein Chor der 5. und 6. Klassen teilnehmen soll. Auch das Instrumental-Ensemble, in dem ich Cello spiele, wird auftreten. Außerdem singe ich in dem gemischten Schüler- und Lehrerchor des Kollegen Bastian Klemm mit.

Nachmittags sollen im Rahmen eines Tages der offenen Tür Projektergebnisse präsentiert werden. Ich hatte während der Projektwoche ein englisches Theaterstück mit Schülern der 6. Klassen erarbeitet, das dann zur Aufführung gebracht werden soll.

2. Stunde: Beginn der Chorprobe.

Julia: Frau Dunker, ich habe mein Chor-T-Shirt vergessen.

Ich: Ich habe noch drei Ersatz-T-Shirts von KIK. Die habe ich gestern Abend vorsichtshalber noch gebügelt.

Hat noch jemand sein T-Shirt vergessen?

Jana und Luca melden sich, haben aber schon Mama angerufen, die es ihnen bringen wird.

Ich: Jetzt aber schnell auf die Bühne. Wir haben nur eine Stunde Zeit.

Wir proben das erste Lied. Der Text sitzt überhaupt nicht.

Ich: Das finde ich nicht in Ordnung. Ihr habt versprochen, den Text zu lernen. Nur deshalb haben wir entschieden, in der Projektwoche nicht zu proben. Also bis 11.30 Uhr müsst ihr den Text noch lernen. Sonst wird es einfach nur peinlich!

Leonhard (Jahrgangstufe 11, Mitglied des Instrumental-Ensembles, unterbricht die Probe):

Leonhard: Frau Dunker, ich habe meine Noten verlegt. Haben Sie noch Kopien?

Ich: Nein. Und die Bücher habe ich Frau Koller zum Inventarisieren gegeben. Ich weiß nicht, wo sie sie jetzt hat. Suche doch am besten Frau Koller und bitte sie, die Noten zu kopieren.

Das zweite Lied klappt, aber beim dritten Song ist der Text auch sehr wacklig.

Ich: OK. Dann müssen wir in der gro-
      ßen Pause zusammen Text lernen.

Allgemeines Gestöhne im Chor.

Ich: Ja, dann macht einen anderen Vor-
      schlag. Bis 11.30 Uhr muss der
      Text sitzen!

Claudia: Ich kann in der großen Pause nicht,
          weil ich da einen Termin habe.
          Meine Mutter bringt mir dann das
          T-Shirt.

Jana: Meine Mutter auch.

Luca: Meine auch.

Ich: Gut, dann könnt ihr ja in der 3. und
      4. Stunde Text lernen. Die Anderen
      bleiben aber noch in der Pause. Ich
      will sicher sein, dass der Text sitzt.

Beim vierten Lied, *Lasse reden,* geht die Hälf-
te des Textes gar nicht und kann auch in der
Kürze der Zeit nicht gelernt werden.

Ich: OK. Ich stelle mich vor euch und
      gebe euch Zeichen als Hilfe.

Julia: Frau Dunker, ich kann nachher
        nicht mitsingen. Ich habe einen
        Termin um 14.00 Uhr beim Zahn-

arzt in Schollen.

Ich:	Das schaffst du. Länger als bis 13.30 Uhr wird das hier nicht dauern.

Dritte Stunde: Im Lehrerzimmer kurz vor Beginn der Ensemble-Probe. Die Kollegin Patzke (PZ), die im Ensemble Geige spielt, kommt zu mir.

PZ:	Hast du schon gehört? Carola hat ihre Geige vergessen.
Ich:	Nein - auch das noch! Dann kann sie wohl nicht mitspielen…

Die Noten für das Ensemble liegen in meinem Postfach. Ich kopiere schnell für Leonhard. Das Problem der vergessenen Geige muss auch noch gelöst werden.

Treffen mit dem Instrumental-Ensemble im Forum. Ich spreche Carola an.

Ich:	Ich habe schon gehört, du hast deine Geige vergessen, Carola. Und nun?
Carola:	Mir hat keiner was gesagt. Ich wusste das nicht, dass wir spielen.
Ich:	Du warst aber doch dabei, als wir zusammen beraten haben, dass die dritte Stunde für die Proben

am besten wäre und dass wir etwas Weißes anziehen wollen.

Carola:	Nein, ich wusste das nicht. Ich habe keinen Zettel bekommen.
Ich:	Sogar darüber haben wir gesprochen. Ich habe gefragt, ob ihr noch einen Zettel benötigt oder ob ihr es euch so merken könnt. Ihr habt alle gesagt, dass ein Aushang reicht. Und der hing an den zwei üblichen Stellen in der Schule. So, es hilft ja nichts, es muss eine Lösung her.

Die Kollegin Ulla Stöppel (ST) ist gerade im Kiosk.

Ich:	Ulla, hast du gerade eine Freistunde?
ST:	Ja.
Ich:	Könntest du vielleicht diese junge Dame nach Hallendorf fahren, damit sie ihre Geige holen kann? Wir haben nämlich **jetzt** Probe.
ST:	Ehm. Ja.
Ich:	Danke! Du hast was gut bei mir. Leonhard, ich habe die Noten für

dich kopiert.

Leonhard: Ich habe sie aber schon von Frau Koller bekommen.

Ich: Alles klar.

Die Probe läuft gut.

Danach muss ich mich beeilen, weil ich noch etwas von der Probe des gemischten Chores mitbekommen möchte. Nun hält Jule mich auf.

Jule: Ich muss noch was Weißes anziehen. Wann beginnt denn die Aufführung?

Ich: Wie angesagt, um 11.30 Uhr.

Jule: Das schaffe ich aber nicht.

Ich: Dann leih dir was Weißes von Mitschülern.

Jule: Aber meine Mutter hat die Bluse schon gebügelt und hingehängt. Ich dachte, ich hätte mehr Zeit. Kann ich nicht schon jetzt fahren?

Ich: Ja. Meinetwegen!

Der Zeitpunkt, wann die Kollegin Patzke ihre weiße Bluse bekleckert hat, ist mir nicht mehr in Erinnerung. Aber sie hat scheinbar selbst eine Lösung gefunden. ☺

In der vierten Stunde probt die Klasse 8b mit der Kollegin Johanna Koller (KO).

Im Lehrerzimmer kommt Johanna aufgeregt zu mir.

KO: Weißt du, wo das rollbare Xylophon und Metallophon ist?

Ich: Nein, ich habe sie nicht benutzt. Die kann dann ja nur Petra haben, vielleicht bei den Schattenspielen. Die will sie im Musikraum aufführen.

KO: Aber im Musikraum sind die nicht. Dann müssen wir jetzt andere nehmen. Aber das ist total doof!

Fünf Minuten später. Ein Klopfen an der Lehrerzimmertür. Ich öffne. Es ist der Achtklässler Klaus.

Klaus: Frau Dunker, wissen Sie, wo das rollende Metallophon ist?

Ich: Du meinst das roll**bare**. Nein, da fragst du am besten Frau Kluge. Die hat gerade Unterricht in der 5a.

Zehn Minuten später. Ich gehe über den Flur in Richtung Forum und treffe die Kollegin Kluge (KU).

Ich: Hat Klaus dich gefunden? Die 8b

sucht das rollbare Metallophon und Xylophon.

KU: Ach so, die haben wir hier im Klassenraum, weil wir die ja heute Nachmittag brauchen.

Ich: Ja, aber Johanna braucht sie **jetzt**. Sie proben gerade und haben ihre Aufführung ja **vor** euch.

KU: Gut, dann bringen wir sie schnell hin.

11.20 Uhr – zehn Minuten vor Beginn der Veranstaltung.

Ilona: Frau Dunker, ich habe hier Josies T-Shirt.

Ich: Dann halte es gut fest und gib es ihr nachher. Wir können jetzt kein T-Shirt mehr entbehren.

11.25 Uhr – fünf Minuten vor Beginn der Veranstaltung.

Josy: Frau Dunker, mein T-Shirt ist weg.

Ich: Aber Ilona hat es doch eben noch gehabt!

Josy: Ja. Und dann habe ich es Claudia gegeben. Die hat es auf einen Stuhl gelegt und jetzt ist es weg.

Ich:	Ilona, Josy, Claudia und ihr zwei sucht jetzt das T-Shirt und ich hole ein Ersatz-Shirt aus dem Lehrerzimmer.
Julia:	Frau Dunker, ich habe mit meiner Mutter telefoniert. Der Zahnarzttermin ist um 14.00 Uhr und man fährt eine halbe Stunde bis Schollen.
Ich:	Nein, nur 20 Minuten. Die fahre ich jeden Tag. Bist du bei Zahnarzt Druse?
Julia:	Ja.
Ich:	Den kenne ich gut. Falls du zu spät kommen solltest, bestellst du ihm Grüße und sagst, ich sei Schuld.

11.30 Uhr – Die Veranstaltung soll eigentlich beginnen.

KO:	Jetzt ist ein Schlegel verschwunden!
Ich:	Dann hol doch schnell noch einen aus dem Musikraum.
KO:	Aber es geht doch gleich los. Wir sind die ersten.
Ich:	Aber dann kann es doch ohne dich gar nicht losgehen!

Mein Chor hat seinen ersten Auftritt. Die Schüler gehen auf die Bühne.

Josy: Frau Dunker, Marlene und Valentina fehlen.

Ich verdrehe nur noch die Augen. Die Vermutung, dass die beiden denken, sie müssten erst nachmittags singen, hat sich später bestätigt.

13.00 Uhr – kurz vor dem zweiten Auftritt meines Chores. Der Schülersprecher Jan-Henning hält seine Rede auf der Bühne, danach ist der Chor dran.

Jasmin: *(mit Gehhilfen)* Frau Dunker, ich werde jetzt abgeholt von meiner Mutter.

Ich: Nein, wir sind gleich dran. Dann muss deine Mutter zehn Minuten warten.

Jasmin: Aber, wenn ...

Ich: Kein „Aber" jetzt, bitte!

Jasmin humpelt auf ihren Platz zurück.

Fünf Mädchen und vier Helferinnen müssen sich hinter der Bühne umziehen für *Lasse reden.*
Tina, eine von den fünf Mädchen, rennt plötzlich heraus.

Tina: Emmi hat Nasenbluten.

Ich gehe hinter die Bühne und gebe Emmi ein Taschentuch.

Ich: Warum ist denn Tina weggelaufen, die muss sich doch umziehen? Und wir sind JETZT dran!!!

Hanna: Weil sie wusste, wo Tempo-Tücher sind.

Ich: Die hätte ich doch auch gehabt!

Jan-Hennings Rede ist beendet. Emmis Nase tropft nicht mehr. Tina ist noch nicht zurück.

Ich: Egal, dann muss es ohne Tina gehen.

Tina gesellt sich zur Erheiterung des Publikums erst während unseres Vortrags zum Chor.

Am Ende der Veranstaltung am Vormittag kommen einige Schüler zu mir.

Markus: Frau Dunker, ich muss jetzt zum Frisör. Ich hoffe, dass ich rechtzeitig zum Theater wieder da bin.

Ich: Ja, ich auch!!!

Jana: Frau Dunker, Carina hat ihre Tasche vergessen. Sie hofft, dass ihre Mutter sie noch rechtzeitig vor der Theateraufführung bringt.

Ich:	Ja, ich auch!!!
	Wenn nicht, nimmst du eine andere.
Ich:	Habt ihr eure Requisiten überprüft?
Alle:	*genervt:* Jaaa!
Ich:	Habt ihr eure Tücher?
Einige:	Oh! Wo sind die Tücher?
Ich:	Sind die Pflanzen auch wieder hergerichtet?
Alle:	Jaaa!

Ich sehe noch einmal zur Sicherheit nach.

Ich:	Aber die Plüschblumen sind ja noch gar nicht angebracht!
Einige:	Oh – Vergessen!

Nachtrag:

Am Montag nach der Aufführung lagen drei Chor-T-Shirts auf meinem Platz im Lehrerzimmer. Unser Hausmeister hatte sie gefunden. Inzwischen weiß glücklicherweise jeder Mitarbeiter der Schule, wo diese T-Shirts hingehören.

Hat noch jemand eine Frage?

Klassenfahrt mit der Klasse 6c nach Bad Zwischenahn.
Dieses ist eine Liste der Fragen, die mir noch eingefallen sind, als ich sie während der Fahrt in den Pausen kurz notiert habe. In Wirklichkeit werden es noch viel mehr gewesen sein.

Montag

Hinfahrt:

- Wo ist Enrico?
- Was machen wir, wenn Enrico nicht kommt?
- Hat Enrico überhaupt bezahlt?
- Wann fährt unser Zug?
- Haben Sie auch Süßigkeiten dabei?
- Wollte Enrico überhaupt mit?
- Muss man mit zu einer Klassenfahrt?
- Wie viel Verspätung hat unser Zug?
- Ist das schlimm, wenn wir so viel später in der Jugendherberge ankommen?
- Wann kommt denn nun unser Zug?
- Was hat sie gesagt?
- Warum müssen wir plötzlich aufs andere Gleis?

- Möchten Sie auch einen Keks?
- Wann müssen wir raus?
- Warum trinken Sie so viel?
- Müssen wir beim nächsten Halt raus?
- Dürfen wir am Mittwoch Fußball gucken?
- Können wir noch mal auf Klo?
- Dürfen wir mal eben nach unten gucken?
- Warum halten wir hier?
- Wo ist hier das Klo?
- Möchten Sie ein Gummibärchen?
- Wissen Sie, wann wir raus müssen?
- Wo ist denn nun das Gepäckauto?
- Können wir unsere Rucksäcke auch hinein geben?

Weg zur Jugendherberge:
- Werden auf der Rückfahrt auch wieder welche im Gepäckauto mitfahren?
- Wie lange müssen wir laufen?
- Kennen Sie eigentlich den Weg?
- Wir gehen doch heute noch einmal in die Stadt, oder?
- Wie weit ist es noch?
- Sind wir gleich in der Jugendherberge?

- Wie groß ist die Jugendherberge eigentlich?
- Ist das die Jugendherberge?
- Sie kennen aber den Weg – oder?
- Haben wir Zimmer mit Duschen?

Mittagessen:

- Im Badezimmer gibt es keine Seife!?
- Dürfen wir nachts mal auf den Balkon? Ich meine, wenn ich mal Kopfschmerzen habe.
- Können wir im Pavillon feiern?
- Wo feiern wir eigentlich?
- An unserem Tisch im Zimmer ist eine Platte locker. Wer kann das reparieren?
- Wie oft machen die hier sauber? Die Duschkabinen wurden nicht richtig abgezogen. Da sind noch Wasserflecken.
- Wieso dürfen wir beim Essen nicht spielen?
- Wer wischt die Tische ab?

<u>Gang in den Ort:</u>

- Wieso brauchen wir eine Jacke?
- Muss ich den Verbandskasten bezahlen oder wird das aus der Klassenkasse bezahlt?
- Wann gehen wir endlich los?
- Wer fehlt noch?
- Wie lange dürfen wir in der Stadt bleiben?
- Wo treffen wir uns?
- Hier können wir uns doch treffen?
- Wollen wir uns hier wieder treffen?
- Pascal, hast du die Adresse von Andreas?
- Hat viermal erinnern nicht gereicht?
- Was haben Sie gemacht?
- Wieso gehen wir nicht?
- Wann gibt es Abendessen?
- Wissen Sie, was es zum Abendessen gibt?
- Wie viel Zeit haben wir noch bis zum Abendessen?
- Wer hat noch nicht unterschrieben?
- Haben Sie ein Pflaster?
- Wer wischt die Tische ab?
- Müssen wir auch fegen?
- Können wir auch jetzt schon die Party vorbereiten?

Party:

- Was können wir sonst noch so machen?
- Können wir mal ans Wasser gehen?
- Können wir auch ins Zimmer gehen?
- Wann ist Schluss?
- Wie lange machen wir noch?
- Ist gleich Schluss?
- Welche Stühle müssen rüber?
- Dürfen die schon einfach aufs Zimmer gehen?
- Wann kommen Sie „Gute-Nacht" sagen?
- Müssen wir auch fegen?

Dienstag

- Wann gibt's Frühstück?
- Muss man eigentlich extra zahlen, wenn jemand zu viel duscht?
- Bauen wir ein Floß oder mehrere?
- Wieso dürfen wir erst vom Tisch aufstehen, wenn alle fertig sind?
- Bauen wir ein Floß in Gruppen oder eins für alle?

- Können wir entscheiden, in welche Gruppen wir gehen?
- Wann geht es los?
- Was machen wir bis dahin?
- Haben Sie Briefmarken?
- Haben Sie ein Pflaster?
- Können wir heute Abend noch mal in den Ort?
- Können wir die Fußmatte reinlegen?
- Was ist, wenn bei den Liegestützen die Hände dreckig werden und man sich nachher die Augen reiben muss?
- Dürfen wir uns hier die Flaschen abfüllen?
- Wer wischt die Tische ab?
- Darf man eigentlich so oft am Tag duschen wie man möchte?
- Müssen wir auch fegen?
- Können Sie mir mein Geld geben? – Ich habe doch gar kein Geld von dir! – Doch, es ist in dem Umschlag mit der Versichertenkarte.
- Was soll ich mit der Augenklappe machen? Ich hatte sie in meiner Jackentasche und habe vergessen, sie den Schattenspringern zurückzugeben.

- Können wir morgen in die Stadt?
- Dürfen wir von den Äpfeln nehmen?
- Können Sie mal schnell kommen? Die Jungs aus der anderen Gruppe wollten von uns wissen, wo Josies Zimmer ist und haben sogar den Fuß in die Tür gestellt!
- Sie wollen nicht wissen, was Pascal und Josy gerade machen – oder?
- War da was Falsches im Essen? Simon furzt immer und saß die ganze Zeit auf Klo. Ich mach' mir schon Sorgen!
- Was kann man machen? Jana hat ganz starke Kopfschmerzen und weint.
- Ich habe mir den Zehennagel umgeknickt. Kann man da was machen?

Mittwoch

- Darf man sich hier was abfüllen?
- Gehen wir heute in die Stadt?
- Gucken wir heute Fußball?
- Können wir uns schon was nehmen?
- Haben Sie ein Pflaster?
- Kann ich welche von Ihren Fotos kopieren?

- Können Sie das mal fotografieren?
- Gibt es einen Unterschied zwischen den kurzen und den langen Seilen?
- Wie schwer sind Sie?
- Ist das so richtig?
- Ist das so richtig?
- Ist das so richtig?
- Ist das so richtig?
  (28mal)

- Sieht das Floß schon gut aus?
- Kann sich nicht jeder in eine Tonne setzen?
- Ist da Ihr Fotoapparat drin?
- Dürfen wir was trinken?
- Was machen wir gleich?
- Wann geht es weiter?
- Sollen wir schon Badehose anziehen?
- Haben Sie den Schlüssel?
- Können wir jetzt duschen?
- Wo sind Tim und Gisela?
- Wieso räumt Josy eigentlich nicht mit auf?
- Matthias ist auch nicht da?!
- Können wir mal den Schlüssel?
- Was gibt's zum Abendessen?

- Können wir schon anfangen?
- Haben Sie den Schlüssel?
- Können wir „Anna und die Liebe" gucken?
- Müssen wir schon die Reportage gucken?
- Haben Sie ein Pflaster?
- Können wir nicht jetzt schon die Stühle hinstellen?
- Kann ich mal ein Pflaster?
- Kann ich den Schlüssel haben? Der Tagesraum ist zu.
- Wissen Sie, wo man den Müll hinbringt? Unser Beutel ist schon voll.
- Wir dürfen doch nicht auf dem Gelände rumlaufen, wenn wir nicht Fußball sehen?
- Kann Josy in das andere Zimmer wechseln? Wir brauchen etwas Abstand.
- Sie müssen uns helfen! Wir kommen nicht rein, weil Detlef schon schläft und nicht aufmacht! Was sollen wir machen?
- Haben Sie mal ein Pflaster?

Donnerstag

- Gehen wir heute in die Stadt?
- Warum ist hier abgeschlossen?
- Grillen wir heute Abend?
- Kann ich mal den Schlüssel? Ich habe mir Ausversehen meine neue Hose angezogen.
- Heute gehen wir doch in die Stadt?
- Wer wischt die Tische?
- Was ist mit Valentina?
- Haben wir morgen eigentlich Zeit zum Kofferpacken?
- Darf wieder jemand im Gepäckauto mitfahren? Dieses Mal aber ein Mädchen!
- Haben Sie mal ein Pflaster?
- Wieso ist denn die Tür abgeschlossen?
- Ist das schon wieder 1 Uhr?
- Wer ist in die Stadt gegangen?
- Haben Sie unseren Schlüssel?
- Haben Sie uns auch fotografiert, als wir ganz oben waren?
- Wir können wohl nicht mehr in die Stadt?
- Wo sind die anderen?
- Können wir noch Fußball spielen?
- Kann ich mal den Tagesraumschlüssel?

- Wie lange muss die Pizza drin bleiben?
- Können wir schon was trinken?
- Können wir jetzt schon was trinken?
- Ist die Pizza fertig?
- Wann ist die Pizza fertig?
- Woran sieht man, dass die Pizza fertig ist?
- Was ist eigentlich, wenn man danach noch mehr Hunger hat?
- Wieso ist denn da noch mehr Teig?
- Was ist mit den Tischen?
- Wollen Sie die ganze Jugendherberge verpflegen oder legen Sie einen Vorrat an?
- Müssen wir morgen von der Pizza essen oder dürfen wir uns auch bei Burger King was kaufen?
- Ich habe die Adresse von den Schattenspringern. Sie haben gesagt, dass sie sich freuen würden, wenn wir mal schreiben. Können wir das dann mit der Klasse tun?
- Bei Simon ist wieder das Mädchen. Können Sie mal kommen?
- Kann Jana bei uns schlafen? Sie macht sich solche Vorwürfe, dass …
- Können Sie noch mal zu uns kommen und uns sagen, wie es Jana jetzt geht?

- Können Sie uns schon um 6.30 Uhr wecken?

Freitag

- Wird das Gepäck wieder zum Bahnhof gebracht?
- Wann kommen wir in Mortum an?
- Wo soll die Bettwäsche hin?
- Wo soll das Gepäck hin?
- Wann sind wir in Mortum?
- Wem gehört das T-Shirt?
- Wem gehört der Socken?
- Wem seiner ist das?
- Sind wir noch vor dem Mittagessen in Mortum?
- Wann gehen wir los?
- Sind wir mit dem Geld ausgekommen?
- Mussten wir für die Pizza nachbezahlen?
- Was sind das für Flaschen?
- Wieso ist der denn so unfreundlich?
- Kann ich schnell noch zur Toilette?
- Kann ich noch schnell einen Apfel kaufen?
- Kann ich noch mal zur Toilette?
- Wer ist noch zur Toilette?

- Was machen wir, wenn sie nicht pünktlich vom Klo zurück kommen?
- Können wir in Bremen noch was kaufen?
- Kann ich noch ein Stück Pizza?
- Hat unser Zug wieder Verspätung?
- Ist das schon unser Zug?
- Können wir auch den Zug nehmen?
- Warum ist der weiße Strich auf dem Bahnhof hier anders als in Bad Zwischenahn?
- Was ist, wenn jemand vergisst auszusteigen?
- Möchten Sie einen Apfel?
- Möchten Sie auch ein paar Chips?
- Haben Sie kein Proviant mitgenommen?
- Ist von der Pizza noch was übrig?
- Wer hat denn die ganze Pizza gegessen?
- Was machen Sie am Wochenende?
- Können wir gleich noch mal in die Schule?
- Was fanden Sie am besten?
- Jetzt ist doch nur noch eine Station bis Mortum – oder?

Abiturienten-Entlassungsfeier
– Weiter geht's!

Es ist Freitag und die Abiturienten-Entlassungsfeier steht an. Der erste Gedanke von mir am Morgen des 24. Juni: „Hoffentlich laufen die Proben und der Auftritt dieses Mal etwas stressfreier!"

Ich hatte schon eine unruhige Nacht, weil mir das Chaos hinter den Kulissen von dem Auftritt meines Chores vor fast genau einem Jahr noch gut in Erinnerung ist. Hinzu kommt, dass bei der letzten Probe die Sängerinnen der 6c gefehlt haben, weil sie nach dem Street-Tennis „keine Lust mehr hatten zu kommen" (Originalton von Tina aus der 6b), obwohl ich ihnen ausrichten lassen hatte, dass die letzte Probe noch wichtig für die Absprachen ist. Da wir noch ein paar Dinge geändert haben, muss ich unbedingt daran denken, es ihnen mitzuteilen.

Die Probenzeit ist knapp. So versuche ich schon am Mittwochnachmittag noch einige Sicherheitsvorkehrungen zu treffen. Die Bänder der 39 Herzen, die für *Satellite* benötigt werden, wurden natürlich nicht von allen Kindern anweisungsgemäß aufgewickelt und sind somit verknotet. Ich halte mich nicht lange beim Knoten lösen auf, sondern befestige neue

Fäden und stelle noch ein paar Ersatzherzen aus Pappe her.

Ich markiere in den Texten der Lieder die Stellen, bei denen die Kinder noch Hilfe benötigen. Das Dirigieren soll auch noch schnell einmal geübt werden. Dabei stelle ich fest, dass die CD mit der Playback-Musik zu *Waka Waka* im CD-Player im Wohnzimmer nicht läuft, ebenso nicht in dem Player im Schlafzimmer. Aber in den CD-Playern im Arbeitszimmer und Bad funktioniert sie. Was nun? Da die Version bei *Notendownload.com* gekauft wurde, kann sie ja einfach neu auf CD gebrannt werden. Ich rufe mein Notenkonto dort auf und es erscheint die Meldung: *Fehler: Zeitraum der Freigabe für 21062010-23682 überschritten*. Zu dumm, dass ich den Song nur auf CD gespeichert habe. Somit gibt es nur zwei Lösungen: 1. die CD, die ich dem Jugendchor in Eiten hinterlassen habe, muss besorgt werden oder 2. die CD mit der Aufnahme des Chores während einer Probe muss benutzt werden. Die erste Lösung erscheint zu aufwändig, also muss im Notfall die zweite Lösung gewählt werden, auch wenn dann das Playback mit dem Gesang des Chores eingespielt werden müsste.

Am Donnerstag überprüfe ich schließlich in einer Pause, ob die CD in der Anlage der

Schule läuft und ich kann beruhigt sein. Sie funktioniert dort. Ein ungutes Gefühl bleibt aber; denn Ähnliches war schon während einer Probe mit der CD zu *Lasse reden* passiert.

Am Freitagmorgen fällt mir im letzten Moment vor der Abfahrt zur Schule noch ein, dass einige Kinder Schwierigkeiten beim Knoten ihrer Tücher als Minikleider für *Lasse reden* hatten, also will ich noch schnell ein paar Sicherheitsnadeln aus meinem Nähkorb holen. Der Korb befindet sich unter einem kleinen Regal, in dem ein Kaktus steht. Uups, da habe ich mich wohl ein wenig zu weit hinunter gebeugt; denn der Kaktus samt Blumenerde hängt nun vorn in meinem Haar. Meine Gedanken (dabei immer schön in gebeugter Haltung): „Die weiße Bluse wird bei der notwendigen Folgeaktion wohl nicht mehr sauber bleiben. Was soll ich dann nur anziehen? Der Kollege Klemm hat gesagt, in seinem Chor sollte eher etwas Dunkles getragen werden und die Alternative zu der weißen Bluse mit blauem Anzug wäre eigentlich nur ein Top mit einem hellbraunen Hosenanzug. Das Kleid wäre zu bunt und der schwarze Anzug wohl nicht so angemessen. Eine zweite weiße Bluse, die eventuell in Frage käme, müsste ich noch bügeln - das schaffe ich zeitlich nicht mehr. Da hilft nur eins: Die Entfernungsaktion muss schnell erfolgen und die weiße Bluse dabei sauber bleiben."

In gebückter Haltung, eine Erdkrümel-Spur hinterlassend, geht es zunächst in die Küche, um Topflappenhandschuhe, Messer und Schere zu holen, und dann ins Gästebad.

Zuerst wird der Kaktus mit dem Messer „geköpft" und im Waschbecken aufgefangen. Anschließend können die meisten Haare aus dem Kaktusrest befreit werden. Nur ein ganz kleiner Teil der Haare muss abgeschnitten werden. Die Frisur hat doch etwas gelitten. Also noch schnell ins obere Bad, etwas Fön-Schaum und dann aber nichts wie ab zur Schule.

Für die Beseitigung der Erdkrümel-Spur ist keine Zeit mehr. Das muss bis heute Abend warten.

8.15 Uhr. Auf dem Weg zum Forum.

Martina: Frau Dunker, ich wollt' nur sagen, dass ich doch nicht mehr im Chor mitsingen kann. Hier ist mein T-Shirt, falls Sie es noch benötigen.

Ich: Aber du hattest dich doch erst vor ein paar Wochen entschieden, dass du wieder dabei sein möchtest.

Martina: Ja, aber ich schaffe das einfach nicht.

Ich: Aber jetzt bist du doch da. Da kannst du doch mitsingen!

Martina: Nein, wir haben heute noch was vor.

8.20 Uhr. Beginn der Chorprobe.

Ich: Ich habe nicht mehr geschafft, einen Notenständer aus dem Musikraum zu holen. Boris, kannst du schnell flitzen und falls ein Musiklehrer da ist, ihn bitten, dir einen stabilen schwarzen Notenständer zu geben?

Boris nickt und rennt los.

Ich:	Ich habe noch ein paar Ersatz-T-Shirts aufgetrieben. Wie viele benötigen wir denn dieses Mal?
Nikolas:	Ich hatte keins bekommen. Kann ich dieses anziehen?

Am nächsten Tag erfahre ich, dass Nikolas' Mutter ihm extra ein rotes Shirt gekauft hat. Sie hatte nach dem T-Shirt mit der Sonnenblume gesucht. Nikolas hatte dieses Mal aber eines ohne Blume bekommen.

Ich:	Ja. Aber du hattest eins bekommen. Wir hatten dein T-Shirt für den Auftritt bei Herrn Wedel an ein anderes Kind gegeben, weil du da nicht dabei warst und ich wollte, dass hauptsächlich die T-Shirts mit der Sonnenblume getragen werden. Auf der Chorprobe danach habe ich jedem Schüler, der nicht beim Auftritt war, noch ein T-Shirt mit einem Zettel und Namen versehen gegeben, so dass für diesen Auftritt eigentlich alle eins haben müssten.
	Nur Robert kann keins haben, da er nach jeder Probe sein T-Shirt liegen gelassen hat und das habe ich an mich genommen, damit er heute eins hat.

Wo ist Robert denn eigentlich?

| Lena: | Der war in der ersten Stunde im Unterricht. |
| Ich: | Dann hole ihn doch bitte. Er müsste doch wissen, dass wir jetzt Probe haben. |

Ich habe schon seit Wochen auf diesen Termin hingewiesen und auch unseren Koordinator gebeten, es mit auf den Vertretungsplan zu schreiben. Sogar den Vermerk „T-Shirts" habe ich hinzufügen lassen.

Lena kommt zurück.

| Lena: | Robert hat gesagt, er singt nicht mehr im Chor. |
| Ich: | Oh, davon weiß ich gar nichts. |

Boris kommt mit einem Karton unter dem Arm.

| Boris: | Den hat Frau Kluge mir gegeben. |
| Ich: | Oh, das ist ein Neuer. Den muss ich noch auspacken. |

Ich öffne den Karton und sehe die separat verpackten Einzelteile des Notenständers.

| Ich: | Ach, den baue ich nachher zusammen. Dann muss es jetzt erst einmal ohne gehen. |

Später sehe ich, wo der gesuchte Notenständer war. Die Abiturienten Leonhard und Marina benutzen ihn bei ihrem Auftritt.

Katharina steht plötzlich vor mir. Sie hebt ein Bein an und zeigt auf ihre weiße Leggings.

Katharina: Frau Dunker, geht auch diese Hose? Meine Jeans waren alle dreckig.

Ich:	Färben geht ja jetzt nicht. Dann stell dich aber nicht direkt in die Mitte. Das stört das Gesamtbild. Das nächste Mal sagst du deiner Mutter früher, dass du eine blaue Jeans brauchst. Das wusstest du auch schon seit Wochen.
Katharina:	Das hab ich ihr ja gesagt. Aber Mama macht nie, was ich ihr sage.

Die Herzen für *Satellite* werden verteilt. Die Bänder sind bei manchen Kindern zu lang und hängen im Schritt.

Peggy:	Ich finde das Band ist zu lang. Das Herz hängt, ehm, wie soll ich es sagen, irgendwie in der Hose.
Ich:	Ja, das sieht wirklich nicht gut aus. Dann macht doch einen Knoten in das Band.
Elisabeth:	Ich habe einen Knoten gemacht, aber damit wird das Band ja nicht kürzer.

Einige Kinder knoten das Band unterhalb des Kinns, so dass sie es garantiert anschließend nicht mehr über den Kopf bekommen.

Ich zeige, wie man mit Hilfe eines Knotens das Band um soviel verkürzt, wie es notwendig ist und es trotzdem noch über den Kopf zu ziehen ist. Die ersten Ersatzherzen werden benötigt.

Plötzlich ein lauter Knall. Eine Wand, die hinter dem schwarzen Vorhang versteckt war, ist umgefallen. Kinder wurden zum Glück nicht getroffen.

Ich: Was ist denn das?

Bennett: Das ist eine der Stellwände von Herrn Hettigs Theatergruppe. Ich weiß nicht, wer die gebaut hat, aber die können jeder Zeit umfallen. Ich würde die gerne sofort wegtragen.

Ich: Ja, aber dafür brauchst du doch Hilfe.

Bennett, der Schüler, der für die Technik zuständig ist, besorgt Hilfe und die Stellwände werden entfernt.

Die Probe der Lieder läuft recht gut. Lediglich der Schummelzettel für *Lasse reden* muss an den Notenständer als Hilfe geheftet werden.

Abschließend muss noch der geordnete Aufgang geübt werden.

Ich:	Jetzt gehen wir so ab, wie wir stehen und setzen uns so, dass die erste Reihe ganz links sitzt, anschließend die zweite und danach die dritte.

Ich gebe Anweisungen bis wo die entsprechenden Reihen sitzen.

Der Aufgang wird durchgeführt. Es gibt ein paar wenige Überholmanöver.

Ich:	So, jetzt haben alle verstanden, wie es funktioniert. Und nun das Ganze noch einmal, sodass keine Überholmanöver mehr nötig sind.

Bei diesem Mal klappt es super. Der Chor steht auf der Bühne.

Ich:	Ich frage nur noch einmal zur Sicherheit. Ist das auch die Aufstellung bei *Lasse reden*? Denn das ist ja unser erstes Lied.

Einige:	Nein.

Ich:	OK. Dann das Ganze noch einmal. Aufstellung für *Lasse reden*. Abgang. Hinsetzen.

Das Hinsetzen klappt.

Beim Aufgang gibt es noch ein paar wenige Rangeleien, die ich nun aber ignoriere.

Ich:	OK. Dann klappt jetzt alles und wir werden einen super Auftritt haben.
	Die Schüler, die für die Kisten mit den Hüten und Tüchern und Herzen zuständig sind, nehmen diese bitte mit zum Kopierraum; denn wir treffen uns um 11.15 Uhr im Raum der 5a, wo wir uns anziehen werden.

10.00 Uhr. Die Chorprobe von Bastian Klemm ist beendet. Unser Hausmeister Hannes Schütz und Bennett bringen ein kleines Podest, auf dem das Rednerpult vor der Bühne stehen soll. Welch eine Überraschung! Da ich weiter vom Chor entfernt im Gang stehen muss, um gesehen zu werden, und der Notenständer mit dem Schummelzettel zu *Lasse reden* nicht verdeckt werden darf, stört das Pult gewaltig und es muss eine Lösung her; denn so kann der Chor mich und den Schummelzettel nicht sehen.

Hannes findet eine Lösung. Das Pult muss vor und nicht auf das Podest, damit es weggerollt werden kann. Ich bin beruhigt.

11.10 Uhr. Es sind schon viele Kinder im Raum der 5a. Wir beginnen mit dem Verteilen der Hüte und Tücher.

Melanie:	*(Kl. 5b, nicht Chormitglied)*
	Frau Dunker, kann ich heute zu-hören?
Ich:	Nein, du bist bei der Veranstaltung nicht eingeladen.
Melanie:	Aber…
Ich:	Kein „Aber"! Wenn du einmal deine eigene Entlassungsfeier hast, wirst du verstehen warum. Da kann nicht einfach jeder so hin.
Nikolas:	Frau Dunker, ich habe meine Kappe hinter der Bühne liegen gelassen.
Ich:	Ja, aber die habe ich doch gefunden und jemand in die Hand gedrückt. Ich glaube, Boris war das.

Nikolas rührt sich nicht.

Ich:	Boris, hatte ich dir die Kappe gegeben?
Boris:	Ja.

Er winkt mit der Kappe.

Ich:	Nikolas, nun hol sie dir doch endlich!

Auf einem Bein hüpfend springt mich Mareile von hinten an. Ihr rechter Fuß ist barfuß und mit einem bunten Pflaster beklebt.

Mareile: Ich habe mich am Fuß verletzt und kann nicht richtig auftreten.

Ich: Zeig mal.

Mareile kann ihren Fuß nur hinten belasten.

Ich: Kannst du dich damit drehen bei *Satellite* und *Waka Waka*?

Mareile: Ja.

Ich: Aber einen Schuh kannst du nicht anziehen, oder?

Mareile: Nein, das tut zu doll weh.

Ich: Dann zieh aber den anderen auch noch aus. Das fällt dann nicht so auf. Außerdem hast du ja ein leuchtendes Pflaster. Da wird jeder wissen, warum du keine Schuhe trägst.

Ich: Hier ist noch eine Kappe. Welcher Junge vermisst eine?

Lucy: Das ist Bosse seine. Der ist aber nach Hause gefahren.

Ich: Boss**es**.
Warum ist der nach Hause gefah-

ren? Der war doch vorhin noch in der Probe. Schade, dann haben wir ja nur noch fünf Jungs. Dass die aber auch immer vor Auftritten den Schwanz einziehen müssen! Uups…

Ich: Wie verabredet, werden die Tücher, Hüte, Kappen und Herzen nach den Liedern von den dazu bestimmten Leuten eingesammelt und die Kästen hinter die Bühne gestellt.
Benötigt jemand sein Tuch übers Wochenende oder können wir die bis Mittwoch hier lassen?

Lena: Nein, ich brauche meins.

Ich: Gut, dann musst du aber selbst dafür sorgen, dass du es danach schnell wieder findest, weil der Chor ja gleich nach dem Auftritt das Forum verlässt.

11.30 Uhr. Beginn der Veranstaltung.

Obwohl die Reden sehr lang sind, verhalten sich die Sängerinnen und Sänger sehr diszipliniert. Einige gähnen vor sich hin und beim Auftritt wird eine kleine Trägheit wohl nur von mir bemerkt.

Dieses Mal muss wohl auch der Kollege Klemm erfahren, dass manchmal die Rahmenbedingungen einen Auftritt vermasseln können. So müssen drei seiner Sängerinnen noch vor dem zweiten Auftritt seines Chores die Veranstaltung verlassen, weil die Busse nach der 7. Stunde abbestellt worden waren und diese Mädchen nur mit dem Bus nach der 6. Stunde nach Hause kommen können. Die geplante Auftrittszeit: 13.00 bis 13.06 Uhr hat sich natürlich nach hinten verschoben. Der Kollege sitzt ebenfalls wie auf Kohlen, da er seinen Zug noch bekommen muss, um seine Kleine pünktlich vom Kindergarten abholen zu können.

14.30 Uhr. Ende der Veranstaltung.

Ich bringe ein paar Sachen ins Lehrerzimmer und muss dringend austreten. Vor der Toilette werde ich aber von Lenas Mutter abgefangen.

Mutter: Frau Dunker, ich wollte das Tuch von Lena holen. Wir sind morgen auf einer Hochzeit eingeladen und da wollte ich es gerne tragen.

Der Toilettengang wird immer dringender.

Ich: Aber hat Lena es denn nicht mitgenommen?

Mutter:	Nein, sie hat gesagt, das ging nicht.
Ich:	Ehm, aber das ist jetzt ganz un- günstig. Die haben wir ganz dort hinten und eigentlich…
Mutter:	Aber ich bin extra deshalb gekom- men und warte schon so lange. Und ich möchte es doch Sonntag anzie- hen!
Ich:	Ja, dann … ehm … ja, aber einen kleinen Moment noch.

Ich verschwinde schnell zur Toilette.

Einen Moment später führe ich Lenas Mutter hinter die Bühne, wo sie sich aus den beiden Kisten das Tuch heraussuchen kann.

Danach benötigt Bennett noch ein paar Infor- mationen und er erklärt mir, was wir zukünftig für die Technik noch anschaffen sollten. Au- ßerdem weist er darauf hin, dass das diesjähri- ge Zeugnis für ihn ein Bewerbungszeugnis sein wird und er gern eine Bemerkung über seine Unterstützung bei der Technik im Zeug- nis hätte. Ich verspreche ihm, es noch am glei- chen Tag an seinen Tutor weiterzugeben und Bennett fängt an, die Technik abzubauen.

Ich möchte noch schnell ein paar Worte mit den Abiturienten wechseln und ein Sektchen trinken. – Oh, schon fast alle weg …

Planung eines Workshops der Mathematik Fachschaft

Vor vier Jahren haben wir an unserer Schule einen neuen Taschenrechner eingeführt. Inzwischen haben sich dazu einige Fragen ergeben. Außerdem haben wir viele neue Mathematik-Kollegen, sodass es jetzt an der Zeit wäre, einen Workshop zu organisieren. Da ich die zuständige Fachobfrau bin, frage ich im April bei unserem neuen Lieferanten an. Ehrlich gesagt, hätte ich nicht gedacht, dass es so schwierig sein würde; denn laut Rechnung sollte dieser Workshop einfach nur abgerufen werden.

Nachfolgend liste ich einmal den gesamten Vorgang auf:

24.04.12   E-Mail: Ich beantrage den Workshop bei Firma Technodyn.

24.05.12   Telefonat:
Erster Kontakt mit dem Schulberater Markus Böschen von IT. Er informiert sich über unseren Bedarf und entscheidet, dass er einen Referenten einsetzen wird.

E-Mail: Ich teile unsere Termin-wünsche mit:
17.09. oder 19.09.12,
14.00 bis 17.00 Uhr

11.06.12   E-Mail: Der Referent Dirk Schil-ler wurde vom Referenten Ulf Hermann Krack beauftragt, den Workshop bei uns durchzuführen. Er fragt nach unseren Wünschen. Ich sende eine Liste unserer ge-sammelten Anfragen und bitte um eine allgemeine Einführung.
Außerdem bitte ich um Bestäti-gung des Termins.

Keine Antwort.

27.06.12   E-Mail an Herrn Schiller: Ich bitte erneut um die Bestätigung des Termins. (Seine Telefonnummer ist mir nicht bekannt.)

Keine Antwort.

08.07.12   E-Mail an Herrn Böschen: Ich bitte nochmals um Bestätigung des Termins, da wir bereits das nächste Schuljahr planen.

Keine Antwort.

13.07.12   Telefonische Anfrage und Bitte um Bestätigung des Termins bei

Herrn Böschen.

Er hat auch keine Telefonnummer von Herrn Schiller, kennt aber jemanden, der die Nummer von Herrn Schiller eventuell besorgen könnte.... Er verspricht, noch heute zu antworten.

13.07.12   E-Mail von Herrn Böschen: *Heute habe ich nichts mehr erreicht, vielleicht komme ich morgen weiter.*

In der gesamten darauf folgenden Woche höre ich nichts von Herrn Böschen.

20.07.12   Anruf von Herrn Schiller:
Die gewünschten Termine passen nicht.
Wir vereinbaren den 26.09.12, 14.30 Uhr bis 17.30 Uhr.

18.09.12   Anruf von Herrn Böschen im Sekretariat der Schule:
Er möchte wissen, in welchem Raum der Workshop **am nächsten Tag** stattfinden wird. Da wir dann aber unseren Kollegiumsausflug veranstalten, kann unsere Sekretärin ihn sofort auf den Fehler hinweisen und nennt ihm den

vereinbarten Termin.

Als sie mir von dem Anruf berichtet, bin ich doch sehr erstaunt; denn der 19.9. war doch ursprünglich einer unserer Wunschtermine!

26.09.12   Der Workshop findet statt!

Ferienlektüre für die Kollegen

Ich hatte schon länger vor, meine Texte in diesem Buch zusammenzustellen. Aber ich war mir nicht sicher, ob ich den folgenden Bericht veröffentlichen sollte; denn ich fürchtete, dass ich damit dem Image des Lehrers in der Öffentlichkeit schaden könnte.

Eine geplante schulinterne Lehrerfortbildung mit dem Arbeitstitel „Strukturen schaffen, die unseren Alltag entlasten" hat mich dazu bewogen, die folgende Zusammenstellung meiner Erlebnisse in den ersten Wochen des Schuljahres 2011/2012 zunächst nur den Kollegen zugänglich zu machen und ihnen als Ferienlektüre für die Herbstferien mitzugeben. Doch inzwischen meine ich, dass es den Schülern gegenüber nur fair ist, wenn ich auch diese Auflistung diesem Werk hinzufüge.

Erste Schulwoche. Erste Stunde mit dem 12er Mathe-Leistungskurs in Raum 107.

Martin Preuss hatte mir freundlicherweise noch am Freitagnachmittag die wichtigsten ersten Schritte für den Umgang mit dem interaktiven Whiteboard beigebracht. Doch was hilft es, wenn der Activepen für die Tafel verschwunden ist? Da ich einige Minuten vor Unterrichtsbeginn im Raum bin, kann ich noch

schnell Martin suchen, der mir glücklicherweise seinen eigenen privaten Pen ausleihen
kann. (Nach Aussage der Schüler fehlt der Pen
in dem Raum schon sehr lange.) Vor der
nächsten Doppelstunde des Leistungskurses
besorge ich einen Ersatz-Activepen, den es nur
bei unserem Schulleiter persönlich gibt. Ist das
vielleicht der Grund, weshalb niemand vorher
auf die Idee gekommen ist, Ersatz zu beschaf-
fen?

Zweite Doppelstunde im Leistungskurs. Das
Whiteboard funktioniert nicht. Der Tipp von
den Schülern, den Computer noch einmal her-
unterzufahren und erneut hochzufahren, hilft.
In den folgenden Wochen habe ich mir ange-
wöhnt, immer 10 Minuten vor Unterrichtsbeginn in den Raum zu gehen, da diese Prozedur
jedes Mal erforderlich ist. Meine Vermutung
ist, dass Kollegen vor mir das Programm nicht
ordnungsgemäß herunterfahren. Einige Kollegen habe ich schon angesprochen. Alle sagten
mir, dass sie die Tafel gar nicht elekronisch
nutzen.

Ich wundere mich, warum das Schränkchen, in
dem sich das dazugehörige Notebook befindet,
so vollgeladen mit Büchern ist. Dadurch lässt
es sich kaum wegrollen und der „Bücherturm“
droht auch irgendwann zu kippen. Ich stelle
fest, dass die Bücher dort seit dem letzten Abi-

tur lagern: Jede Menge Duden, Grundgesetze und ein Handbuch für den Taschenrechner von einer ehemaligen Abiturientin liegen dort.

Da ich das Schränkchen wegrollen muss, um die Tafel aufzuklappen, bitte ich meine Schüler, diese Bücher in das leere Regal im Klassenraum zu stellen. Die Bücher scheint niemand zu vermissen; denn sie stehen auch jetzt noch dort! Eigentlich ganz praktisch, weil sie dann beim nächsten Abitur nicht dorthin getragen werden müssen.

Große Pause. Einige neue Kollegen fragen nach dem Material für die Methodentage. Ich verweise auf den Materialordner. Da ich ihn vor einem Jahr erneuert habe und seitdem nicht mehr kontrolliert habe, gehe ich davon aus, dass er nicht mehr vollständig ist. Die Erfahrung aus den Vorjahren bestätigt sich auch sofort; denn ich stelle fest, dass schon zum ersten Methodenbaustein wesentliche Folien fehlen. Deshalb rate ich den neuen Kollegen, das Buch zum Methodenlernen zu verwenden. Dieses ist wieder nicht auffindbar. Das ist sehr ärgerlich; denn ich hatte das Buch im letzten Jahr zum zweiten Mal angeschafft, da es sich in Luft aufgelöst hatte. Nach einer längeren Suche an mehreren Orten empfehle ich über das Mitteilungsbuch im Lehrerzimmer allen Kollegen die private Anschaffung des Buches.

Zweite Schulwoche. Ich möchte in einer Fünf-Minuten-Pause schnell kopieren. Geht nicht. Das Gerät zeigt einen Papierstau an. Ich laufe schnell ins Sekretariat und erfahre, dass noch niemand den Stau bemerkt hat. Seltsam!

Doppelfreistunde. Ausnahmsweise möchte ich meinen Englischunterricht für die 7. Klasse in der Schule vorbereiten und nehme den Ordner mit den Lehrerhandreichungen mit in die Bibliothek. Ausgerechnet die Seiten, die ich benötige, fehlen. Ich hätte es mir denken können. Nicht umsonst habe ich mir alle Ordner von Klasse 5 bis 10 und der Oberstufe für einen Preis von je 30 Euro privat angeschafft. Zu oft stand ich in den Schuljahren zuvor vergebens mit einem Ordner vor dem Kopierer. Denn grundsätzlich war ausgerechnet die Kopiervorlage, die ich benötigte, nicht vorhanden.

Wenn die Englisch-Kollegen fragen, wo denn die Hefte mit den Standardaufgaben für Klassenarbeiten sind, zucke ich gewöhnlich nur mit den Schultern und erkläre, dass ich sie mir privat angeschafft habe, für jeden Jahrgang ein Heft zu ebenfalls je 30 Euro.

Dritte Schulwoche. Im Laufe eines Vormittags höre ich fünf Kollegen schimpfen, dass die Druckerpatronen im Lehrerzimmer leer sind. Einer neuen Kollegin gebe ich in der 5. Stunde den Tipp, dass es hilft, wenn man unserer Sekretärin Bescheid gibt. Die anderen fünf Kollegen sind schon länger an unserer Schule und hätten meiner Meinung nach auch auf diesen Lösungsansatz kommen können.

Englischunterricht in Klasse 7. Ich habe einen CD-Player mitgenommen, der gebrannte CDs nicht abspielt. Natürlich habe ich immer eine eigene CD in der Tasche. Bei uns bekommt die Bezeichnung „Sicherungskopie" eine neue Bedeutung. Ich beschäftige die Klasse still und mache mich auf den Weg zum Lehrerzimmer. Auf dem Flur treffe ich den Kollegen Bernstein, der eine Medienstation schiebt und laut darüber schimpft, wie viel Unterrichtszeit ihm schon verloren gegangen ist, weil das Ding sehr oft nicht funktioniert.

Eine Kleinigkeit am Rande: Praktischerweise habe ich auf meinem Tisch im Lehrerzimmer einen kleinen Korb mit Material wie Klebstoff, Schere, Tacker etc. stehen. Der „Schultacker" ist ewig leer oder weg. Seit geraumer Zeit ist meine Schere verschwunden. Dafür liegt eine andere im Korb. Petra Kluge stellt fest, dass es ihre ist, sie aber meine hat. Der Tausch wird sofort durchgeführt. Sie lässt ihre Schere auf dem Tisch. Am nächsten Tag stellt sie fest, dass sie verschwunden ist.

Vierte Schulwoche. Nachdem alle neuen Kollegen ihre Taschenrechner bekommen haben und ich die ausgeliehenen Leihtaschenrechner von ihnen zurückbekommen habe, bemerke ich, dass einer unserer Ersatzrechner, die wir für das Abitur benötigen, fehlt. Die Klassenräume sollen ja abgeschlossen werden, damit die Rechner der Schüler nicht geklaut werden. Ich überlege jetzt, was wir mit dem Lehrerzimmer machen.

Fünfte Schulwoche. Die neuen Kollegen geben zu Beginn der Woche ein Frühstück aus. Am Freitag der darauf folgenden Woche stehen einige benutzte Teller immer noch in der Spüle. Ich frage mich, ob wohl Monika Kelm, Carola Patzke oder Ulla Stöppel sich wieder erbarmen? Ich jedenfalls nicht schon wieder! Überhaupt ist es manchmal nicht möglich,

Wasser in den Wasserkocher zu füllen, da dauernd ungespülte Becher in der Spüle abgestellt werden. Spülen, abtrocknen und in den Schrank stellen wäre doch eigentlich keine sooo schlechte Idee, denke ich.

Sechste Schulwoche. In der Fachschaft Mathematik wurde vorgeschlagen, dass wir die Lösungsbücher zu unserem Lehrwerk anschaffen. Da wir einige wenige schon besitzen, gehe ich am Freitag in den Materialraum, um zu sehen, welche wir schon haben. Das Nachsehen in der Inventarliste hielt ich für zu aufwändig. Ich stelle fest, dass kein einziges Lösungsbuch im Regal steht. Aber ich freue mich, dass ich dieses Mal keine Bücher einräumen muss, die irgendwelche Fachkollegen auf dem Tisch liegen gelassen haben. Das war nämlich im letzten Schuljahr über Wochen hinweg der Fall. Zufällig werfe ich noch einen Blick auf meine eigene „private" Regalfläche und stelle fest, dass alle „Fundbücher" zu mir ins Fach gelegt wurden. Jetzt komme ich langsam ins Grübeln, ob **ich** vielleicht etwas falsch mache!

Ich rege mich auf und mache meinem Ärger an unserem Tisch im Lehrerzimmer Luft. Dietmar Vierde zählt auch einige Dinge auf, die ihn ärgern und weist auf einen Karton hin, der schon ewig auf der linken hinteren Fensterbank im Lehrerzimmer steht. Wir sehen nach und stellen fest, dass sich darin Mathematik Vergleichsarbeiten der Klasse 8b (jetzt 10. Klasse!) aus dem Jahr 2010 befinden, die eigentlich am Schuljahresende gebündelt werden sollten. Wir werden den Karton im Auge behalten und nehmen Wetten entgegen, ob er wohl bis zu unserer Pensionierung noch dort stehen wird.

Außerdem sind wir uns einig, dass der aus Pappe gebastelte Sonnengott in der hinteren linken Lehrerzimmerecke auch weg kann oder warten wir darauf, dass er uns vielleicht im nächsten Jahr einen schöneren Sommer beschert?

Projekt „Mini-Musical" in der 7d

Ich unterrichte die Klasse 7d in Englisch. In der Klasse sind ausgesprochen nette Schüler. Sie sind nicht sehr leistungsstark und der Grammatikunterricht erweist sich als sehr anstrengend für alle Beteiligten. Eine besondere Stärke dieser Klasse ist, dass sie sich sehr für das Rollenspiel und Theaterspiel begeistert. Schon für den kleinsten Dialog, den die Schüler in den Unterrichtsstunden erarbeiten sollen, besorgen sie Requisiten. Wenn auch die Hausaufgaben sehr gerne vergessen werden, an die unwesentlichen Dinge für das Rollenspiel (Handy, Schal, Kappe, Sonnenbrille) denken fast immer alle. Da wird auch schon mal der ein oder andere Mitschüler telefonisch am Vortag daran erinnert.

So musste ich mich auch nicht wundern, dass die Klasse immer wieder darum bat, doch einmal ein Stück auf der Bühne zu spielen, wie sie es im Vorjahr im Englischunterricht getan hatten. Noch heute können sie auf ein Stichwort hin ganze Passagen im Chor auswendig aufsagen.

Ich hatte schon längst beschlossen, das Lesen einer Lektüre aus dem Unterrichtsplan zu streichen, um stattdessen ein Theaterstück einzustudieren. Leider hatte ich aber keine richtige Idee für ein passendes englisches Werk. Doch zufällig fand ich ca. 7 Wochen vor Schuljahresende in einer von mir abonnierten Musik-Fachzeitschrift das englische Mini-Musical „The Pirates", vorgeschlagen für die Klassenstufen 7 und 8. Die erforderliche Unterrichtszeit war mit 4 bis 6 Stunden veranschlagt.

Als ich die Schüler der Klasse fragte, ob sie wohl auch singen würden und ich ihnen das Musical zur Erarbeitung vorschlug, waren sie begeistert und fingen sofort mit der Planung an. Das Wichtigste zuerst: „Wann führen wir auf?" und „Treffen wir uns auch mal nachmittags?"

Meine Antwort war sehr vorsichtig: „Erst einmal müssen wir ja sehen, ob wir auch etwas Sehenswertes zustande bringen und vielleicht reichen ja unsere Unterrichtsstunden am Vormittag. Ich werde auch Eure Musiklehrerin, Frau Mülder fragen, ob sie die Gesangsstücke während der Musikstunden erarbeiten kann."

Ab diesem Zeitpunkt verging keine Stunde, in der nicht gedrängt wurde, doch endlich mit dem Musical zu beginnen. Also gab es erst einmal einen Kompromiss: Zwei Wochenstunden Lehrbucharbeit und zwei Wochenstunden Musical-Proben.

Um mich selbst zu entlasten und das eigenverantwortliche Arbeiten zu fördern, hatte ich auch eine Regie-Gruppe bestimmt: Amelie, Lisa, Leonie und Jacqueline. Die restliche Klasse konnte in *Pirates* (Leon, Susanne, Markus, Veronika, Marlies) und *Islanders* (Kathrin, Nora, Simone, Marianne, Janne, Karin, Felix, Lara) und *Stonemen* (Peter, Fabian, Sebastian, Sven, Matthias, Phillip) eingeteilt werden.

Die anfängliche Gruppenarbeit führte zu ersten Ergebnissen. Das Zusammensetzen erwies sich aber als schwierig, weil die Schauspieler die Regie-Leute nicht ernst nahmen und schon bald baten mich die vier Mädchen, die Regie zu übernehmen und sie wollten mich als Assistentinnen unterstützen.

Nun drehte sich eigentlich alles nur noch um das Musical und schließlich gab ich das Vorhaben, noch weiter im Lehrbuch zu arbeiten, auf. Die Schüler begeisterten sich total für das Stück und engagierten sich dafür noch weit über den Unterricht hinaus. Mit Hilfe der Übungs-CDs, die ich in die Gruppen gegeben hatte, konnten sie sehr schnell die Lieder singen und auch die Dialoge waren relativ schnell auswendig gelernt. Leon kannte das ganze Stück auswendig und fand jeden Einsatz zu der Playback-Musik. Dass die Tonlage nicht so ganz stimmte, wurde dadurch nebensächlich.

Die Ansprüche der Schüler an sich selbst, an das Bühnenbild und an die Technik stiegen von Stunde zu Stunde und es war abzusehen, dass wir bis zur geplanten Vorführung beim Sommerkonzert am vorletzten Schultag vor den Ferien noch viel mehr Probenzeit benötigen würden.

Bei so viel Einsatz von Seiten der Schüler willigte ich ein, einen gesamten Vormittag und Nachmittag für die Proben zu verwenden. Ich wählte dafür einen der beiden Zeugniskonferenztage, an dem ich sowieso in der Schule sein würde und ich nur zweimal für eine halbe Stunde die Gruppe allein lassen müsste. Leider ergab der Plan später, dass meine Konferenzen erst nach 17.30 Uhr stattfanden, so dass dadurch der Arbeitstag nur noch weiter verlängert wurde. Doch dazu später.

Am Mittwoch, einen Tag vor unserem Projekttag, plane ich im Unterricht mit den Schülern den Ablauf des folgenden Tages. Es entsteht folgendes Tafelbild:

1. und 2. Stunde:	Probe mit Schwerpunkt Kostüme und Requisiten (Wer stellt was wann wohin?)
3. und 4. Stunde:	Probe mit Schwerpunkt Technik.
5. und 6. Stunde:	Auswertung des Vormittags und Planung des Nachmittags, insbesondere der noch notwendigen Bastelarbeiten für die Requisiten.

Die neuen Techniker Carlos, Klaus, Paul und Johann waren bestellt, unser bereits entlassener Abiturient Bennett wollte noch beratend tätig sein.

Damit das nötige Material mitgebracht wird, fordere ich auf, zusammenzutragen, welche Requisiten bzw. Materialien noch benötigt werden. Dazu soll jeder einmal in Gedanken seine Rolle durchgehen.

Meine Assistentinnen notieren alles an der Tafel.

Als sehr schwierig erweist sich die Frage, wie der Bühnenhintergrund gestaltet werden soll. Ich erkläre den Schülern, dass sie nicht viel Zeit haben würden, um ein Hintergrundbild während der sehr kurzen Umbaupausen zu wechseln und ermutige sie, einen Hintergrund zu wählen, der zu allen drei Szenen passt, z.B. eine Landschaft mit Bäumen.

Es folgt eine lange Diskussion: „Nein, bei den *Stonemen* muss es Nacht sein. Da müssen Sterne und ein Mond sein." „Ich habe so ein Mondkissen - soll ich das mitbringen?" „Die Sterne dürfen aber nicht so klein sein." „Wieso? - Am Himmel erscheinen sie doch auch nur wie kleine Punkte!" „Fast jeder hat doch so einen Leuchtstern zu Weihnachten. Den kann doch jeder mitbringen." „Bei den *Islanders* muss es dann etwas Buntes sein." „Eine Sonne". „Sonne **und** Mond geht aber nicht!" …

Vor einigen Wochen hatte Jacqueline erklärt, dass ihr Vater ein Boot bauen würde und sie hatte auch schon einmal gefragt, wann sie es mitbringen soll. Vor ein paar Tagen erkundigte ich mich, ob es schon fertig sei. „Nein, er macht das nicht mehr, aber wir haben uns überlegt, dass wir ein Schlauchboot nehmen." war die Antwort.

Kurz vor Ende der Stunde frage ich nach, wer eigentlich das Schlauchboot mitbringt. Allgemeines Schweigen in der Klasse. Leonie: „Wer hat denn ein Schlauchboot?" Es gibt mehrere Meldungen. Ich frage „Wer darf es denn mitbringen?" Alle Hände gehen wieder runter. Nur Leon wird von den Mitschülern bedrängt, seine Eltern zu fragen. „Gut, trotzdem sollte jeder bis morgen über eine mögliche Alternative nachdenken." trage ich den Schülern auf.

Am Abend begebe ich mich in meinem Keller auf die Suche, was noch von meinen „Schätzen" zum Einsatz kommen könnte. Ich entdecke ein Glas mit Muscheln. Marianne und Nora wollen während der *Islanders*-Szene Muscheln betrachten, fällt mir ein. Außerdem hatte ich von einer Party-Dekoration einen blauen Himmel aus Bastelkrepp mit aufgeklebten Sternen aus Glanzpapier aufbewahrt. Der wäre gut für die *Stonemen*-Szene. Eine ganze Tüte selbstgebastelter farbenfroher Schmetterlinge aus Regenbogenpapier fällt mir auch in die Hände. Damit kann man auf die Bühne - ein schwarzes Loch - noch etwas Farbe bringen. Ebenso mit den Holzpapageien. Meine farbigen Plüschblumen hatte ich schon vor Wochen mitgenommen. Auch meine Palme, die mir für mein Wohnzimmer zu groß geworden war, hatte ich schon geopfert und mit den Schülern verabredet, dass wir die beiden größten Palmwedel erst am Tag der Aufführung abschneiden würden, damit sie bis dahin nicht vertrocknen. Ich gebe zu, inzwischen freue ich mich auch schon richtig auf den nächsten Tag.

Naja, dass es wieder anstrengend werden würde, ahne ich natürlich auch.

Am Morgen fällt mir noch der riesige Karton auf, in dem meine neuen Badaccessoires geliefert worden waren und den ich eigentlich im Altpapier entsorgen wollte. Schnell stelle ich ihn noch auf den Rücksitz meines Autos, da man starke Pappe oder einen Karton immer gebrauchen kann.

Donnerstag, 12.07.12 Projekttag

1. Stunde:

Die Klasse ist im Forum versammelt und jeder hat es ganz eilig, mir zu zeigen, welche Requisiten er aufgetrieben hat. Ich zeige natürlich auch meine Schätze. Sofort ist klar: Die Sterne auf blauem Krepp für die *Stonemen*-Szene, die Schmetterlinge für die *Islanders* und die Muscheln für Marianne und Nora.

Allerdings bin ich etwas beunruhigt. Keiner meiner fünf (!) Techniker ist da. Meine Kollegin hatte doch den Terminplan weitergegeben?! Ich laufe zuerst in die 10b und hole Klaus und Carlos. Sie hatten den Termin nur vergessen. Johann und Paul in der 6c sind sehr überrascht, als ich sie holen will. Aber so langsam dämmert ihnen doch, dass an dem Tag irgendetwas war. Schließlich taucht auch Bennett auf.

Nun kann es losgehen.

Für den Vormittag gebe ich folgende Regeln bekannt:

- Keiner, außer den Technikern, darf die Mikrofone bzw. Stative sowie anderen technischen Geräte anfassen.

- Niemand darf den Vorhang anfassen oder ihn seitlich raffen, da der Vorhang oder dessen Motor leiden könnten.
- Keiner nimmt die Requisiten eines anderen oder verlegt sie, damit immer jeder weiß, wo seine Requisiten sind.
- Wir halten die Pausenzeiten der großen Pause ein.

  Keiner befindet sich dann auf der Bühne oder in der Nähe der technischen Geräte. Alle achten darauf, dass auch fremde Schüler fernbleiben.
- Jeder merkt sich, für welche Requisiten bzw. Umbauten er zuständig ist.

Noch im allgemeinen Gewusel erscheint unsere Sekretärin Frau Hemmerich und bringt ein „Mondkissen", das im Sekretariat abgegeben worden war.

Veronika möchte noch eine Piratenflagge aufhängen und benötigt Klammern. Ich hole schnell zwei - die einzigen, die ich habe - aus dem Lehrerzimmer.

Ich reiche Leon eine Papprolle, die ich auch am Morgen noch in meinem Altpapier entdeckt habe.

Ich:	Hier das kannst du ja nachher noch als Fernrohr anmalen. Oder brauchst du keins?
Leonie:	Doch braucht er, wir hatten schon eine Papprolle bemalt. Die war größer und so ineinanderzuschieben. Aber die ist irgendwie verschwunden. Die von Ihnen ist ja auch viel besser, weil Leon die in seine Kitteltasche stecken kann.

Vor der 1. Szene:

Susanne:	Frau Dunker, die Piraten sollen ja Karten spielen. Aber wir haben gar kein Kartenspiel!
Ich:	Ich habe immer eins in meiner Schultasche. Dann muss ich aber noch einmal ins Lehrerzimmer. Daran hättest du aber auch denken können!
Susanne:	Ja, stimmt.

Nach der 1. Szene: Die Piraten sollen in das Boot steigen. Dort liegt nur eine blaue Folie, die das Wasser symbolisiert.

Ich:	Was wollt ihr denn nun als Boot nehmen?
Amelie:	Leon hat nicht gefragt, ob er ein Boot mitbringen darf.
Ich:	Das war doch schon abzusehen, dass wir kein Schlauchboot haben würden.
	Hat denn keiner eine Idee?
Leonie:	Wir können doch Ihren Karton nehmen!

Susanne klettert sofort hinein. Veronika setzt sich dahinter. Marlies und Markus sitzen außerhalb des Kartons daneben und Leon als Kapitän steht davor.

Alle akzeptieren diese Lösung.

2. Szene: Die *Islanders.*

Ich:	Janne, warum hast du denn gar keine Hawaii-Kette?
Janne:	Da war irgendwie keine.
Ich:	Doch, ich habe noch vier Stück. Du hast nur nicht mitbekommen, als ich gefragt habe, wer noch eine benötigt!

3. Szene: Leon will gerade als Kapitän agieren. Da erscheint seine Mutter plötzlich vor der Bühne und reicht ihm etwas. Es scheint ihm peinlich zu sein. Ich frage nicht nach.

Leonie stellt eine Pflanze in die Mitte der Bühne.

Ich: Wie kommt denn die Pflanze dahin?

Leonie: Die habe ich dahin gestellt.

Ich: Aber das kannst du doch nicht während der Aufführung so machen und aus der Versenkung kommt sie doch wohl nicht. Dann müssen wir doch überlegen, wie sie dahin kommt.

Leonie: Die stellt man da einfach hin.

Ich: Du verstehst mich nicht. **Wer** stellt sie **wann** dorthin? Wer kann das machen?

Lisa: Sven könnte das machen, weil er ja sowieso vorrutschen muss, wenn der Vorhang hochgeht.

Später beim zweiten Durchlauf erweist sich das als gar nicht so einfach und Sven wirft die Pflanze erst einmal um. Es müssen schnell Handfeger und Schaufel besorgt werden. Lisa übernimmt das und rennt los. Sie braucht ziemlich lange, da sie den Hausmeister sucht.

Sebastian holt währenddessen einen Feger und Schaufel aus einem Klassenraum und so kann es schnell weitergehen. Als Lisa zurückkehrt ist sie sauer, dass sie vergebens gelaufen ist.

4. Szene: Die Piraten suchen den Schatz.

Steven: Anything over there on the right?
(Markus)

Maggie: No, Stinky. Only this old boot.
(Veronika)

Veronika tut so, als ob sie etwas hochhält.

Ich: Was hältst du denn da hoch?

Veronika   Einen alten Stiefel!

Ich: Ja?! Wo ist der denn? Ich sehe den gar nicht.

Veronika: *Schuldbewusst.*
                   Den habe ich vergessen.

Schnell stellt ein Schüler seinen Schuh zur Verfügung.

Letzte Szene:
Der Kapitän soll eigentlich das X finden. Es ist aber nicht dort, wo es sein soll.

Ich: Wer war denn für das X zuständig?

Niemand meldet sich.

Ich:	Leon, dann solltest du am besten dafür sorgen.
Leon:	OK.

Bevor die Besprechung stattfinden kann, kommt der Sportlehrer Martin Preuss, um Zettel für das Sportfest auszuteilen und diese zu erklären. Danach steht die Diskussion um die Mannschaftsaufstellungen im Vordergrund und es dauert bis die Schüler sich wieder auf das Spiel konzentrieren.

In der anschließenden Besprechung wird entschieden, dass rechts an der hinteren Wand der Sternenhimmel und der Mond aufgehängt werden und auf der linken Seite ein Bild für die *Islanders*-Szene. Der schwarze Vorhang muss davor nur immer halb geöffnet werden bzw. geschlossen werden. Das Bild soll am Nachmittag während der Bastelphase erstellt werden.

Ich erinnere noch einmal daran, wie wichtig es ist, dass sich auch jeder um „seine" Requisiten kümmert.

Als Sigrid Mülder in der 3. Stunde erscheint, um den Gesang zu beurteilen, wird noch einmal klar, dass die Piraten meistens zu tief singen. Susanne insistiert „Wir wollten ja auch das E-Piano nehmen." Sigrid verneint und die übrige Klasse bestätigt, dass nie davon die Rede war.

Am Ende der vierten Stunde ist noch etwas Zeit vor der großen Pause und einzelne Gesangsstücke sollen **unabhängig vom Spiel** geprobt werden. Die *Stonemen* zuerst. Alle sind bereit und fangen an. Nur Sebastian protestiert, weil der Bühnenaufbau nicht dazu passt.

Klasse: „Oh, Sebastian!!!"

Nach der ersten großen Pause. Es ist ausgelassene Stimmung hinter dem Vorhang. Ich muss noch einmal an die Regeln erinnern.

Die Techniker wünschen sich einen Durchlauf des ganzen Stücks.

Ich bin erstaunt, dass sich alle Schauspieler für die große Pause umgezogen haben. Sie wiederum sind überrascht, dass sie sich wieder umziehen sollen. Wieder vergeht sehr viel Zeit. Schließlich blicke ich hinter die Bühne und stelle fest, dass noch nicht aufgebaut ist.

Veronika: „Meine Kopfbedeckung ist weg."
Marianne: „Die beiden großen Muscheln sind verschwunden."
Veronika will wieder ihre Piratenflagge aufhängen, findet aber die Klammern nicht. Ich weise noch einmal auf die „Requisiten-Regel"

84

hin und zeige mich genervt. Sofort wird die ganze Klasse aktiv und sucht nach den Klammern. „Wer hat denn die Fahne abgenommen?" - „Das war Marianne." - „Ja, und ich habe die Klammern auf diesen Tisch zu der Fahne gelegt." - „Dann muss sie doch jemand genommen haben!"… Plötzlich ein Aufschrei: „Susanne hat sie!" Susanne saß die ganze Zeit auf der Bühne auf einer Kiste und hat mit der Klammer gespielt. Einige Schüler: „Man, Susanne!" Susanne: „Was denn, ich hab' doch gar nichts gemacht!" Damit hat sie wohl recht, sie hat wirklich **gar nichts** gemacht. Nun fehlt nur noch die zweite Klammer. Ein Schüler ruft hinter der Bühne „Da liegt sie ja!" Sie befindet sich direkt neben Sebastians rechtem Fuß. Er hat die ganze Zeit bräsig auf dem Sofa hinter der Bühne gesessen und seine Umgebung kein Stück danach abgesucht!

Klasse: „Oh, Sebastian!!!"

Während des zweiten Durchlaufs sehne ich schon die große Pause herbei und rechne mir aus, dass noch nicht einmal ein Drittel des Tages überstanden ist.

Nach der Szene, in der die Piraten im Boot sitzen:

Sebastian: Das ist doch irgendwie komisch. Leon steht die ganze Zeit im Wasser und wenn die Piraten aus dem Boot steigen, sind auch die anderen Piraten im Wasser.

Markus: Das ist doch egal!

Ich: Ja, im Theater wird eben auch einiges nur symbolisch angedeutet. Betrachten wir es doch so.

Marlies spricht mich an, dass sie am Nachmittag nicht kommen kann.

Ich: Das kann doch nicht wahr sein!

Marlies: Wieso kann das nicht sein?

Ich: Weil wir diesen Termin gemeinsam abgesprochen haben und er mehrfach an der Tafel stand.

Marlies: Mir ist ja auch erst jetzt etwas dazwischen gekommen.

Ich: Außer Krankheit kann ich mir gar keinen Grund vorstellen, warum man jetzt noch plötzlich absagt und du siehst eigentlich ganz gesund aus. Also kommst du nachher.

Danach steht Marlies nur noch ausdruckslos auf der Bühne und bewegt sich nicht. Ich sage nichts und setze auf den Gruppendruck. Er funktioniert: „Marlies spielt überhaupt nicht!" „Marlies steht ganz falsch!" „Mensch, Marlies!" „Marlies, nun reiß dich mal zusammen!" „Nun beweg dich doch mal, Marlies!"

Dann geht es wieder.

Die Schüler haben festgestellt, dass eine Pflanze auf der Bühne sehr kopflastig ist. Ich gebe den Auftrag, diese Pflanze durch eine stabilere und kleinere auszutauschen.

Ich entlasse die Schüler ein paar Minuten vor dem Ende der sechsten Stunde, weil mir der Kopf brummt und ich sehr starke Rückenschmerzen habe. Ich muss mich unbedingt mal setzen.

Ich kann aber noch nicht sofort in die Mittagspause, weil mir nun Bennett sein Leid klagt. Er hat sich über Carlos geärgert, der immer nur so tut, als ob er Ahnung hat und Carlos hat Bennett vorgeworfen, die Technik nicht optimal zu bedienen. Darüber ist Bennett, der jahrelang unsere Technik bedient hat und die Geräte und Kabel ausgesucht hat, sehr sauer. Er findet, dass wir zukünftig nur Klaus einsetzen sollten. Ich wiederum bin nicht begeistert von Klaus, der mir schon zu Beginn gesagt hat, dass er nach der fünften Stunde Unterrichtsschluss hat und deshalb auch dann gehen würde.

Aus diesem Grund hatte ich entschieden, dass die verbleibenden Techniker während der sechsten Stunde abbauen.

Die eineinhalb Stunden Mittagspause verbringe ich im Lehrerzimmer und erhole mich etwas.

Dem Lärm auf dem Flur ist zu entnehmen, dass die Schüler sehr pünktlich zurück sind und ich habe das Gefühl, mal nach dem Rechten sehen zu müssen.

Wir versammeln uns im Forum und ich gebe die folgenden zusätzlichen Regeln für den Nachmittag bekannt:

- Da ich festgestellt habe, dass die Zeugniskonferenzen in einem Klassenraum mit Fenster zum Schulhof sind, verbiete ich den Aufenthalt auf dem Hof.
- Ich kündige an, dass Frau Franzen (Kunstlehrerin) um 15.30 Uhr kommen wird und wir erst dann in den Kunstraum gehen werden. Wir werden dann nur das Material benutzen können, das sie herausgibt.

- Am Ende darf niemand nach Hause gehen bevor nicht alles aufgeräumt ist.

Wir haben noch ca. 45 Minuten Zeit bis die Bastelarbeiten beginnen können.

Da den Schülern eingefallen ist, dass sie die Scheinwerfer einsetzen wollen, muss ich oben im Technikraum zwei Schülerinnen in die Lichttechnik einweisen. Jacqueline und Lisa erhalten den Auftrag, währenddessen die Gruppe für die Bastelarbeiten einzuteilen.

Als ich dabei bin, Amelie das Bedienen der Scheinwerfer zu erklären, wird es verdächtig ruhig im Forum. Ich frage Jacqueline, wo denn alle sind. „Die sind schon zum Kunstraum." Ich werde laut: „Nein, ich habe deutlich gesagt, dass wir dort um 15.30 Uhr gemeinsam hingehen, wenn Frau Franzen da ist!"

Es ist noch eine halbe Stunde Zeit. Ich stelle fest, dass die Pflanze noch nicht ausgetauscht ist. Leonie und Amelie machen sich auf den Weg.
Ich nutze die Zeit, um mit den Schülern noch einmal die Lieder zu proben, da die Texte noch nicht synchron gesprochen wurden. Außerdem versuche ich, Leon auf die richtige Tonlage zu bringen, da die *Pirate*s sich alle nach ihm richten. Ich erkläre, dass es nur zwei Möglichkeiten gibt: entweder die hohe Lage

oder die Lage, die sich genau eine Oktave, d.h. 8 Töne darunter befindet. Ich sage ihm vorsichtig, dass er sich immer irgendeine Lage dazwischen auswählt und die anderen sich dann anpassen. Darauf meint Leon: „Aber Piraten singen doch tief." Da ich ihn nicht weiter verunsichern will, höre ich auf und lasse ihn so singen, wie er es meint. Ich nehme mir vor, das Üben mit den Piraten auf nächste Woche zu verschieben.

Um 15.20 Uhr gehe ich nachsehen, ob Imke Franzen schon da ist. Auf dem Rückweg ins Forum begegnen mir Amelie und Leonie, die sich gegenseitig mit dem Lastenwagen vom Hausmeister durch die Gegend kutschieren. Man muss ja nicht alles verbieten und ich frage, ob sie schon eine Pflanze gefunden haben. An ihrem Verhalten merke ich, dass sie noch gar nicht Ausschau danach gehalten haben. Schnell düsen sie davon „Wir suchen noch mal in einem anderen Treppenhaus."

Kathrin empfängt mich im Forum mit einem Entwurf für das Wandbild hinten. Inzwischen haben einige Schüler entschieden, dass man nur noch ein Bild mit einer Landschaft mit Bäumen herstellt, da es dann einfacher mit dem Umbau wird und Bäume ja eigentlich zu allen Szenen passen. Ich zeige mich überrascht und erinnere daran, dass wir am Vortag genau

90

darüber eine lange Diskussion geführt hatten und dass sie doch so viele Einwände gegen meinen Vorschlag gehabt hatten. Sie erklären es damit, dass sie ja nun die schöne große blaue Plane haben und man damit ein tolles Bild gestalten kann. Da es sich um eine sehr große Plane handelt, habe ich die Befürchtung, dass die Zeit dafür gar nicht reichen wird. Wir werden sehen…

Wann und warum einige Jungen nun doch während der Konferenzen am Fenster vorbei toben mussten, habe ich nicht mitbekommen. Erst am Abend auf dem Heimweg berichtet mir der Kollege Mahler davon und erzählt, dass die Jungen von unserem Schulleiter während einer Konferenz zurechtgewiesen worden waren.

Auch unser Hausmeister Hannes Schütz erzählt mir später, dass während der großen Pausen viele Aktivitäten hinter dem Vorhang stattfanden, sodass dieser auch nicht unberührt blieb. Hannes hatte sogar mehrfach im Laufe des Vormittags einschreiten müssen.

Imke Franzen ist um 15.30 Uhr noch nicht da, weil sie in einem Stau steht. Ich lasse die Schüler um 15.45 Uhr in den Kunstraum und kurz danach kommt sie. Ich betone noch einmal, dass die Schüler sich überlegt haben müssen, was sie benötigen, weil Frau Franzen danach in den Konferenzen sitzen wird. Danach wird es keine Gelegenheit mehr geben, an Material zu kommen.

Während Imke Franzen mit einer Schülergruppe im Materialraum ist, beobachte ich, wie Leon sein Fernrohr bemalt ohne eine Zeitung auf den Tisch zu legen. Ich bin mir sicher, dass es diese Weisung im Kunstunterricht gibt und stelle wieder einmal fest, dass Schüler solche Regeln nur mit dem entsprechenden Unterricht und Lehrer verbinden. In anderen Situationen verlieren solche Regeln aus Schülersicht ihre Gültigkeit. Ich entdecke danach noch zwei weitere Schülergruppen, die keine Zeitung untergelegt haben.

Bevor Imke Franzen geht, um im Lehrerzimmer ihre Konferenz vorzubereiten, frage ich noch einmal laut, ob die Schüler alles haben, was sie benötigen. Es reagiert keiner.

Nur 30 Sekunden später kommt Sebastian und bittet um eine Schere. „**Ich** möchte Frau Franzen nicht noch einmal zumuten, extra zu kommen. Dann musst du sie schon selbst bitten, dass sie kommt." Eine Schere könnte ich eigentlich auch besorgen. Aber Sebastian muss merken, dass er mal wieder aus der Reihe tanzt, weil er den Anweisungen nicht folgt. Auch Sven hat nun gemerkt, dass Flüssigkleber zum Aufkleben der Muscheln ungeeignet ist und benötigt nun die Heißklebepistole. Ihm sage ich, dass Sebastian noch einmal Frau Franzen holt. Ich kann mir auch nicht verkneifen, zu erwähnen, dass ich seiner Bastelgruppe schon längst den Tipp mit dem Heißkleber gegeben hatte.

Die Schminkproben von Jacqueline und Leonie haben ergeben, dass zu wenig Grau für die *Stonemen* zur Verfügung steht. Ein halber Stift ist schon verbraucht. Wir tragen alle Schminkstifte zusammen und beschließen, dass sie sparsamer verwendet werden müssen.

Die meisten Arbeiten sind erledigt. Die Stimmung ist gut. Einige Schüler jagen einander durch den Kunstraum, indem sie sich gegenseitig bemalen. Da müssen schnell irgendwelche Aufgaben her und ich lasse schon ein paar Aufräumarbeiten erledigen.

Susanne und eine Mitschülerin malen an einem Bild, von dem ich nicht annehme, dass es zur Bühnengestaltung gehört. Ich frage: „Wo soll das denn hängen?" – „Das wissen wir noch nicht. Vielleicht hinter den Piraten." (Sie hatten bunte Fische gemalt.) – „OK."

Als ich das nächste Mal an dem Tisch vorbeikomme, wird das Bild gerade entsorgt. „Es ist doch nicht so gelungen." Ich weise darauf hin, dass sie schon wieder Zeit und Material verschwenden und sie sich dann nicht wundern dürfen, wenn sie demnächst noch mehr Kunstgeld bezahlen müssen.

Sebastian, der bereits für Aufräumarbeiten eingeteilt war, sitzt an einem Tisch und klebt grüne Papierstreifen zusammen. Stolz präsentiert er mir seinen Palmwedel, für den er Unmengen an Klebeband benutzt hat.

Ich: Wofür hast du den denn gebastelt?

Sebastian: Wir brauchen doch zwei Palmwedel als Fächer für die *Islanders*-Szene.

Ich: Kannst du mir mal erklären, wofür ich schon vor Wochen meine Palme mitgebracht habe? Erinnerst du dich, wofür wir sie benutzen wollten?

Sebastian: Ach ja, wir wollten ja die beiden großen Blätter dafür nehmen.

Ich: Richtig und ich habe mehrfach daran erinnert, dass wir diese auch erst vor der Aufführung abschneiden, damit sie nicht vertrocknen.

Ich lasse keine Gelegenheit aus, dieses zu betonen, weil sonst mit Sicherheit ein Schüler auf die geniale Idee käme, sie jetzt schon abzuschneiden. Insbesondere Sebastian wäre so ein Kandidat dafür.

Ich	Ich stelle fest, dass du schon wieder nicht mitdenkst. Wer soll denn eigentlich das verschwendete Papier und Klebeband bezahlen?
Sebastian:	Aber das ist doch hier aus dem Kunstraum!
Ich:	Und was meinst du, wovon das bezahlt wird?
Sebastian:	Von dem Geld, das **wir** dafür bezahlen!
Ich:	Richtig. Und wenn das demnächst erhöht werden muss, gehörst du zu den Schülern, die dafür gesorgt haben.

Ich muss noch mehrere Schüler dazu anhalten, ihren Platz zu reinigen.

Inzwischen ist das große Bild auf der blauen Plane fertig. Es ist sehr farbenfroh geworden, wie ich es mir von Anfang an gewünscht hatte. Ich lobe die Schüler dafür. Schnell wird es ins Forum gebracht. Fünf Schüler tragen das Bild. Ich rufe ihnen zu, dass die Heftzwecken auf der Bank liegen. Niemand reagiert und ich beobachte gespannt die Aktion. Es ist unglaublich. Fünf Schüler stehen hinten an der Wand und halten das Bild. Keiner der herumstehenden Schüler reagiert und reicht ihnen Heftzwecken und Hammer. Ich kann nun nicht länger schweigen, obwohl es interessant gewesen wäre, zu beobachten, wie lange die Fünf und alle anderen drum herum noch untätig dort gestanden hätten. Also rufe ich: „Wieso sorgt denn keiner dafür, dass das Bild auch angebracht werden kann? Sollen die Fünf auf immer und ewig dort stehen bleiben und mit als Bühnendekoration fungieren? Ich gebe ja zu, dass es ein besonderer Gag wäre." Jetzt erkennen auch alle anderen Schüler die Situationskomik und werden aktiv.

Obwohl die Zeit nun knapp ist, wollen wir noch einen Durchlauf versuchen. Amelie und Leonie sind oben im Technikraum. Ich befinde mich oben auf der Empore und sehe schon, dass all mein Reden über den Tag hinweg wenig bewirkt hat; denn ich erkenne von oben, dass auf der Bühne noch eine Klebebandrolle liegt. Die Holzpapageien liegen noch seitlich auf der Bühne und Veronikas „boot" liegt auch nicht an der richtigen Stelle.

Der Vorhang ist ca. 50 cm hochgefahren. Ich lasse Amelie stoppen und frage von oben. „Ist die Bühne fertig vorbereitet?" – „Ja." „Wozu dient das Klebeband?" – Keine Antwort. Ein Schüler räumt es weg. „Was habt ihr mit den

Papageien vor?" - Sie werden nur mit den Füßen zur Seite geschoben. Ich sage nichts, weil ich abwarten möchte, ob das alle so richtig finden. Es erfolgt aber keine Reaktion. Ich frage, wo denn Veronikas Schuh ist. Veronika erklärt, dass die linke Tür abgeschlossen ist und sie deshalb darauf verzichtet hat. „Ich wusste nicht, dass die Tür abgeschlossen ist. Warum hast du denn nicht dafür gesorgt, dass sie aufgeschlossen wird?" – Keine Antwort. Ich werfe Sebastian den Schlüssel zu und er schließt auf. Danach setzt er sich auf die Bank, obwohl er eigentlich hinter der Bühne sein müsste. Ich sage nichts mehr.

Die Aufführung beginnt. Als Markus in Position geht, stolpert er über die Papageien.

Nach der ersten Szene tritt Simone hervor und erklärt, dass inzwischen bei den *Islanders* zwei wichtige Schülerinnen fehlen (Das war so verabredet. Sie mussten eine halbe Stunde vorher gehen, da sie einen Zahnarzttermin bzw. Reitunterricht hatten.) In Anbetracht der knappen Zeit verkünde ich laut: „Dann lassen wir die *Islanders* aus und machen mit dem Dialog vor der *Stonemen*-Szene weiter." Simone und Sebastian verschwinden hinter der Bühne. Kurze Zeit später wird der Vorhang seitlich gerafft (!!!) und Sebastian beschwert sich „Hier ist für die *Islanders* aufgebaut!" Ich wundere mich nur noch und bestelle Sebastian zu mir nach oben. Wieder muss ich ihn darauf hinweisen, dass er sich nicht beteiligt. Ich mache deutlich, dass ich von ihm und Simone erwartet hätte, dass sie für den Aufbau der *Stonemen*-Szene gesorgt hätten, da sie mich ja auf jeden Fall gehört hatten. Außerdem weise ich noch einmal auf die „Vorhang-Regel" hin.

Inzwischen spielen die Schüler und es herrscht große Heiterkeit auf der Bühne. Als Markus von Leon hochgehoben wird, schreit er auf, weil Leon ihm dabei an seinem empfindlichsten Teil wehgetan hat. Es sieht so aus, als ob er gleich weinen würde. Die Konzentration ist dahin und Leonie, Amelie und ich sind uns einig, dass es keinen Zweck hat, noch weiter zu proben. Ich breche ab und wir versammeln uns zur Abschlussbesprechung.

Nun ist es an der Zeit, die Schüler zu loben. Ich zeige mich zuversichtlich, da wir sehr viel geschafft haben und es sich jetzt nur noch um Kleinigkeiten handelt, die noch zu erledigen sind. Ich bedaure allerdings, dass wir zum Abschluss nicht noch einen richtig guten Durchlauf hinbekommen haben. Ein Schüler sagt: „Es war aber doch ein witziger Abschluss." und ich merke, dass es für die Schüler somit vollkommen in Ordnung ist.

Ich erinnere daran, dass niemand geht, bevor nicht alles aufgeräumt ist und bringe selbst die Dinge zurück, die ins Lehrerzimmer gehören. Auf dem Weg dorthin erfahre ich, dass meine erste Konferenz pünktlich um 17.30 Uhr beginnen wird. Ich war davon ausgegangen, dass es wie sonst immer Verzögerungen geben würde. Also muss ich mich beeilen und die Schüler verabschieden. Als ich ins Forum zurückkomme, sind fast alle Schüler verschwunden. Nur Matthias und Phillip sind noch da und sammeln die letzten Materialien sowie weitere „Fundstücke" ein. Zum Schluss schließe ich noch die Türen ab, sammle noch etwas Müll ein und bringe die Holzpapageien in den Klassenraum. Dort stellen Matthias und Phillip gerade die Stühle hoch, wofür ich sie noch schnell lobe.

In diesem Jahr bin ich zum ersten Mal nicht Klassenlehrerin und muss mich in den Konferenzen deshalb nicht so sehr konzentrieren. Ich bin inzwischen so erledigt, dass ich nicht mehr in der Lage gewesen wäre, eine Konferenz zu leiten. Doch schon nach der ersten Konferenz kommt einer unserer Koordinatoren zu mir: „Wir suchen dringend einen stellvertretenden Klassenlehrer für die 7d, weil Frau Kelm schon seit Stunden im Stau steckt und es wohl nicht rechtzeitig schaffen wird." Ich lehne vehement ab, obwohl ich mich nicht wohl dabei fühle. Aber der Mathe- und Sportlehrer der Klasse, Martin Preuss, ist ja auch im Lehrerzimmer. Er wird vom Koordinator beauftragt und ich sage Martin meine Unterstützung zu. Inzwischen wurde entschieden, die Konferenz der nachfolgenden Klasse vorzuziehen, da wir nun eine halbe Stunde in Verzug sind und alle Konferenzteilnehmer dieser Klasse schon anwesend sind. Wir hoffen auf das Eintreffen von Monika Kelm.

Schließlich kommt sie rechtzeitig zur verschobenen Konferenz der 7d, die als letzte Konferenz um ca. 20.15 Uhr beendet wird.

Ich beneide Monika und Martin nicht, denn sie werden morgen mit der 7d für zwei Tage nach Lübeck fahren und könnten danach bestimmt das nächste Kapitel für dieses Buch schreiben.

Nachtrag:
Wer nun glaubt, die Schüler hätten an dem Projekttag gelernt, zumindest auf ihre Requisiten zu achten, täuscht sich.

In der darauf folgenden Probe waren nur noch zwei statt fünf Plüschblumen vorhanden. Das Kartenspiel war verschwunden und auch zwei Hawaii-Ketten fehlten.

Den Ablaufplan für die Techniker gab mir unser Hausmeister Hannes eine Woche nach den Proben.

Hinter der Bühne habe ich eine Kiste stehen, die mit meinem Namen versehen ist. Der Grund dafür ist, dass meine Leute (Chor bzw. Musical) dort ihre Sachen hineinlegen können, sodass sie nicht unter die Requisiten der laufenden Theaterproduktionen der Kollegen Hettig bzw. Neppke geraten.

Als ich jetzt die Hoffnung hatte, unsere verschwundenen Requisiten darin zu finden, entdeckte ich, dass die Kiste überquoll: Es waren nur Gegenstände darin, die nicht uns gehörten. Es handelte sich offensichtlich um Fundsachen: Eine Schaukel, ein Fell, viele verschiedene Kopfbedeckungen und natürlich jede Menge Müll. Da ich diese Erfahrung nun zum dritten Mal mache, werde ich meine Kiste dort entfernen und ich frage mich, wo solche Fundsachen wohl in Zukunft landen…

Sommerkonzert
– Generalprobe und Aufführung

Am Vortag der Generalprobe hatten wir Musiklehrer ein Treffen mit unserem Techniker Carlos, bei dem er uns erklärte, wie das Mischpult und die verschiedenen Mikrofone (Kondensatormikros, Funkmikros, Gesangsmikros, Headsets) eingesetzt werden können. Bei der Gelegenheit sprachen wir mit ihm sowohl den Probenplan des Folgetages als auch den Ablauf des Konzertabends durch. Das Mini-Musical der Klasse 7d sollte in der ersten Stunde geprobt werden.

Beginn der Generalprobe.

Es ist wie immer. Die Schüler meinen, alle Zeit der Welt zu haben, während ich sehr unter Druck stehe, den engen Zeitplan der General-probe einzuhalten.

Nun noch die übliche Frage.

Ich: Habt ihr alle eure Requisiten?

Schüler: Nein, meine Hawaii-Kette ist weg.

Ich: Ich habe noch zwei dabei. Das ist jetzt die 6. (!!!), die verschwunden ist.

Ich gebe Veronika noch schnell ein Staubtuch, denn bisher hat sie immer mit der Piratenflag-ge geputzt, die aber ja nun als Bühnendekora-tion dienen soll. Das fiel mir gerade heute Morgen noch ein, bevor ich zur Schule fuhr. Außerdem muss das Klettklebeband für den Papagei auf ihrer Schulter erneuert werden.

Inzwischen sind alle Requisiten am Platz und die meisten Schüler wissen, wofür sie zustän-dig sind. Wir könnten beginnen. Aber von den Technikern sind nur die beiden Sechstklässler Paul und Johann da.

Peter kommt zu mir. Mir fällt auf, dass ich ihn noch gar nicht gesehen hatte.

Peter:	Frau Dunker, ich habe verschlafen.
Ich:	Macht ja nichts, jetzt bist du ja da.
Peter:	Ja, aber ich habe auch mein Kostüm vergessen.
Ich:	Das ist zwar schade für die Fotos, weil wir ja lieber bei der Generalprobe fotografieren wollen, aber wichtiger ist, dass du es heute Abend dabei hast.

Als ich die CD in den Player legen möchte, stelle ich fest, dass er noch gar nicht aufgebaut ist, so dass wir auf keinen Fall beginnen können. Ich schicke Paul und Johann in die 10b, um Carlos und Klaus zu suchen. Aber sie sind auch nicht in ihrer Klasse. Also beauftrage ich die beiden Sechstklässler, schon einmal den CD-Player zu holen. Ich hoffe, dass ich mich nun so weit auskenne, um den Player selbst anzuschließen. Das scheitert aber daran, dass ich nicht weiß, wo die entsprechenden Kabel sind. Unser Hausmeister Hannes hilft uns mal wieder aus der Patsche, so dass wir starten können.

Lara-Sophie (Klasse 9) schaut herein.

Lara-S.:   Frau Dunker, können Sie Herrn
            Klemm sagen, dass ich nicht zur
            Probe kommen kann?

Ich: Aber du hast doch schon gestern
            bei der Chorprobe gefehlt und du
            bist doch da und es ist Unterricht.
            Weshalb kannst du denn nicht
            kommen?

Lara-S.:   Wir machen ein Abschluss-Treffen
            bei Frau Stöppel, weil unsere Klas-
            sen doch aufgeteilt werden.

Ich: Dann kannst du daran nicht teil-
            nehmen. Da musst du dich auch bei
            Frau Stöppel beschweren. Wir hat-
            ten auf einer Dienstbesprechung
            und im Mitteilungsbuch darauf hin-
            gewiesen, dass heute keine Unter-
            nehmungen stattfinden sollen, da-
            mit eben alle Schüler an der Gene-
            ralprobe teilnehmen können.

Lara-S.:   Na guuut.

Ich wende mich wieder der Technik zu. Wir
bekommen es aber nicht alleine hin. Die Moni-
torboxen reagieren nicht und auch die Gesangsmikros scheinen nicht den Ton abzu-
nehmen.

Zum Glück kommt Carlos gegen Ende der ersten Stunde. Er hatte sich am Vortag am Kopf verletzt und musste zum Arzt. Er hatte sich darauf verlassen, dass Klaus da sein würde. Der war aber, wie sich später herausstellte, bei einem Theaterprojekt des Kollegen Hettig.

Ich entscheide, dass wir von vorne starten, auch wenn es dadurch Verzug im Probenplan geben wird und es mir jetzt schon für die letzte Gruppe leid tut.

Jetzt fällt mir auf, dass Jacqueline gar nicht auf ihrem Platz ist. Ich frage Lisa und erfahre nun, dass Jacqueline krank ist. Sofort versammle ich die drei Assistentinnen, um die Aufgaben von ihrer kranken Mitschülerin zu verteilen.

Mit der Probe bin ich zufrieden und ich mache den Schülern Mut für die Aufführung am Abend. Die drei Regie-Assistentinnen bitten mich, früher kommen zu dürfen, damit sie alles gut vorbereiten können. Sie sind auch für den Kuchenverkauf zuständig. Über ihren Einsatz freue ich mich natürlich.

Kathrin und Sigrid Mülder haben entschieden, das Plakat mit der Angabe der Mitwirkenden auf eine Stellwand zu heften. Dafür benötigen sie Heftzwecken. Ich habe gerade gestern eine Schachtel Heftzwecken in meinen Utensilien-Korb gelegt. Also laufe ich schnell zum Lehrerzimmer, um sie zu holen. Ich werfe einen Blick in den Korb und brülle los: „Das kann doch jetzt nicht wahr sein, meine Heftzwecken sind weg!" Die Kollegen sehen mich entsetzt an. Ich erkläre empört, dass ich sie gestern hineingelegt habe, weil ich wusste, dass ich sie heute benötigen würde. „Und ich wollte sie nur mal eben **schnell** holen und jetzt sind sie weg!

Der Kollege Hettig eilt zur Stelle und möchte helfen. Er reicht mir ein Glas mit Pinnnägeln. Anstatt mich zu bedanken, fahre ich ihn an: „Das ist jetzt auch richtig, dass du mir hilfst; denn du hast es zu verantworten, dass wir heute in der ersten Stunde nicht proben konnten, weil Klaus bei dir im Theaterprojekt ist. Und wir hatten es rechtzeitig angekündigt, dass heute alle Schüler für die Konzertproben da sein müssen."

Der Kollege Dubbels kommentiert: „Oh, da liegen wohl die Nerven blank." Nun bemerke ich, dass ich wohl etwas überreagiert habe und bedanke mich für die Pinnnägel bei Ferdinand Hettig.

Petra Kluge kommt lachend ins Lehrerzimmer. „Mark hat seine Trommel vergessen. Er wusste angeblich nichts von den Proben und auch nichts vom Auftritt."

Jetzt wird mir bewusst, dass ich mich wohl etwas beruhigen muss und ich die ganze Sache etwas lockerer angehen sollte. Ich stehe vollkommen unter Strom.

Noch auf dem Weg zur Stellwand begegnen mir ganz aufgeregt vier Chormädchen aus der 5a.

108

Jutta:	Frau Dunker, wir müssen mal schnell telefonieren. Ein Mitschüler von uns, der heute Abend Klavier spielen soll, ist nicht da und Frau Mülder hat uns gebeten, bei ihm anzurufen.

Erst jetzt merke ich, dass eigentlich schon die Chorprobe beginnen müsste.

Ich:	Aber doch nicht alle Vier!
Jule:	Mareike, dann mach du das!
Mareike:	Nein, Kirsten, du!
Kirsten:	Nein, ich nicht!
Ich:	Ihr wolltet doch eigentlich alle telefonieren. Wieso denn jetzt nicht mehr? Wer hätte denn gesprochen, wenn ihr zu viert gegangen wärt?
Jutta:	Frau Hemmerich.
Ich:	Ach so. Dann lauf du, Jutta.

Als ich im Forum ankomme, ist der Chor vollzählig. Jedoch probt noch die 6b mit Sigrid Mülder. Eigentlich wären jetzt noch Einzelbeiträge der 6b dran. Aber wir wollen nicht den ganzen Chor warten lassen und entscheiden, dass wir ihn vorziehen. Die Kinder haben noch viele Fragen: „Wann sollen wir den Kuchen bringen?" - „Wo stellen wir den Kuchen hin?" – „Wo sitzen wir?"

Die Frage „Dürfen wir gehen, wenn wir fertig sind?" überrascht mich im Moment, da wir das Sommerkonzert immer als gemeinschaftliche Veranstaltung gesehen haben. Im Laufe des Tages wird diese Frage aber auch in den anderen Gruppen gestellt und es zeigt, wie sehr manche Schüler nur darauf fixiert sind, selbst im Rampenlicht zu stehen, aber gar nicht daran interessiert sind zu sehen, was andere Schüler aufführen und deren Leistung anzuerkennen. DSDS lässt grüßen!

Während der großen Pause zähle ich meiner Kollegin Iris Mischke, die mit mir am Tisch sitzt, so einige Pannen auf. Als ich ihr von den verschwundenen Heftzwecken erzähle, zeigt sich ein Schmunzeln auf ihrem Gesicht: „Die sind nicht weg, Anke. Ich habe gestern einen Stift in deinem Korb gesucht und bei der Gelegenheit habe ich ihn aufgeräumt. Guck mal, die Schachtel mit den Heftzwecken liegt ganz unten." Jetzt muss ich aber wirklich über mich selbst lachen und natürlich Abbitte leisten, da ich doch meine Kollegen verdächtigt habe.

In der 5. und 6. Stunde probt der gemischte Chor von Bastian Klemm. Auf dem Weg zum Musikraum erzählt mir Bastian, dass Nikolas sich für die Probe in der 6. Stunde abmelden wollte, weil er zu viel im Unterricht verpasst. Bastian hatte deshalb noch schnell den Chemie-Kollegen Vierde befragt, ob Nikolas Wichtiges verpassen würde. Natürlich ist das nicht der Fall, denn in der letzten Stunde am vorletzten Schultag vor den Sommerferien finden nur noch Aufräumarbeiten und kein wichtiger Unterricht mehr statt.

Am Ende des Probentages sind wir alle erledigt.
Aber der Erfolg am Abend wiegt alles auf und mit Zuversicht planen wir schon eine Wiederholung am Ende des nächsten Schuljahres.

Vor der Aufführung des Mini-Musicals der Klasse 7d gab es am Abend keine größeren Pannen. Dass wieder eine Hawaii-Kette (die 7.!!!) fehlen würde, hatte ich erwartet und natürlich Ersatz dabei.

Stinky Steven war wirklich zu einem stinkenden Piraten geworden. Denn die vier Regie-Assistentinnen und Markus hatten sein T-Shirt einige Wochen vorher durch den Matsch gezogen, um es schön dreckig erscheinen zu lassen. Nachdem es getrocknet war, stank es fürchterlich und um den Geruch zu überdecken, hatten die Schüler das T-Shirt ordentlich mit Haarspray eingesprüht.

Am Wochenende nach der Aufführung, als ich mir die Fotos ansah, stellte ich fest, dass ein Topf mit einer großen künstlichen Amaryllis als Bühnendekoration fehlte. Es wäre mir gar nicht aufgefallen, wenn ich nicht ein Foto davon meiner Nachbarin hätte geben wollen, da sie mir vor einiger Zeit beim Aufräumen ihres Schuppens diese Blume geschenkt hatte.

Ebenso entdeckte ich, dass auf dem Gruppenfoto mit allen Mitwirkenden die Klasse 7d komplett fehlte, obwohl ich die Aufnahme des Gruppenfotos auch als Grund mit angegeben hatte, dass möglichst niemand vorher das Konzert verlassen sollte.

Letzter Schultag vor den Sommerferien, ein Tag nach dem Konzert:

Neben den vielen positiven Rückmeldungen von Kollegen und Eltern gibt es auch noch folgende „Nachwirkungen":

Sigrid Mülder erzählt, dass Stine aus der 5. Klasse sich heute für das Konzert abmelden wollte. Sigrid konnte es kaum glauben und musste der Schülerin sagen, dass es schon einen Tag vorher stattgefunden hatte. Ausgerechnet diese Schülerin hatte aber das große Ankündigungsplakat gemalt, auf das sie selbst die wesentlichen Daten geschrieben hatte.

Alle Kollegen äußern sich anerkennend über Leon, der bei der Aufführung des Musicals brillierte. Petra Kluge berichtet noch von ihrem Stück „Robin Hood", das sie im Vorjahr mit der 6d (jetzt 7d) aufgeführt hatte. Dort hatte Leon nur eine kleine Rolle. Er spielte ein Kaninchen. Da die Szene etwas unklar war, hatte sie überlegt, die Szene aus dem Stück zu nehmen und gerade, als sie es auch so entschieden hatte, kam Leon mit einem perfekten Kaninchen-Kostüm. Da musste die Szene drin bleiben.

Als ich meine Kiste aus dem Klassenraum der 7d hole, um meine Schätze wieder mit nach Hause zu nehmen, liegt darin die Kokosnuss, mit der zwei *Islanders* auf der Bühne gespielt hatten. Die Klassenlehrerin Monika Kelm berichtet mir, dass bei den Aufräumarbeiten in der dritten Stunde schließlich noch ein Schüler diese Kokosnuss an den Kopf bekommen hat.

Zu Hause stelle ich fest, dass alle sieben Hawaii-Ketten wieder aufgetaucht sind.

Erklären muss ich wohl auch, warum dieses Mal die Frage nach den Chor-T-Shirts nicht gestellt wurde. Das T-Shirt-Problem haben wir gelöst! Wer nun glaubt, ich habe einen Trick gefunden, wie alle Chormitglieder daran denken können, es anzuziehen, irrt. Unsere Elternratsvorsitzende hatte Mitleid mit mir und um meine Nerven zu schonen, hat sie sich bereit erklärt, die T-Shirts nach jedem Auftritt des Chores zu waschen, sodass kein Kind mehr ein Shirt mit nach Hause bekommt.

Als ich Iris Mischke von meinen Erlebnissen berichtete, fielen ihr noch so einige lustige und nervenaufreibende Begebenheiten ein, die wir vor vier Jahren bei der Aufführung meines ersten großen Musicals „Toms Traum" erlebt hatten.

Iris war damals im Rahmen einer AG für den Bühnenbau und die Kostüme zuständig. Für einen Darsteller hatte sie mit ihren Schülern einen Helm mit einem Taxi-Schild darauf gebastelt. Dieser Schüler erschien zur zweiten Aufführung einfach nicht. Als wir bei ihm anriefen, war seine Antwort: „Nee, ich hatte gestern schon so Kopfschmerzen von dem schweren Helm. Deshalb wollte ich heute nicht."

Inzwischen können wir natürlich darüber lachen, aber damals waren wir ganz schön im Stress.

Nach der Aufführung wurden sogar ein paar Pannen in der örtlichen Presse erwähnt:

Dass alles gut klappte, freut auch Lehrerin Anke Dunker – denn vor dem Probentermin gab's einige Turbulenzen. Da fiel ein Mikro aus, doch die Kirchengemeinde half aus. Und einer der Akteure der „drei bösen Jungs" musste krankheitsbedingt passen, aber die anderen beiden übernahmen seinen Part einfach mit.

Beim Thema Mikro fiel mir dann auch das ungeheuerliche Verhalten einer Schülerin bzw. ihrer Mutter ein.

Wir hatten ein ganzes Jahr für die Aufführung geprobt und Bennett hatte währenddessen Louisa für die Technik ausgebildet.
Die Aufführungstermine hatte ich schon zu Beginn des Schuljahres festgelegt und den Teilnehmern schriftlich mitgeteilt.

Zwei Wochen vor der Premiere erklärte Louisa mir, dass sie bei den Aufführungen nicht da sein würde, weil sie zu einer Familienfeier verreisen würde. Ich war entsetzt und versuchte eine Lösung zu finden. Mein Vorschlag war, dass sie vielleicht bei einer Freundin übernachten könnte, sodass ihre Mutter allein fahren könnte. Ich bat sie, falls das nicht möglich sei, eine Mitschülerin einzuweisen, da nur sie die Informationen über Beleuchtung, Vorhang und Mikros hatte.

Daraufhin erhielt ich einen Brief von der Mutter, der nicht gerade freundlich formuliert war, wie das folgende Zitat zeigt:

Wie Ihnen bereits Louisa mitgeteilt hat, verreisen wir am 13./14.06.09.

Da es sich hierbei um eine Familienfeier handelt, ist eine Verschiebung (wie es scheinbar Ihre Forderung war) keinesfalls denkbar.

Es sollte doch generell notwendig sein, Ersatzleute bereitzuhaben. Deshalb kann ich es nicht nachvollziehen und akzeptieren, dass sich meine Tochter darum kümmern soll! Schließlich handelt es sich hierbei um Freizeitgestaltung.

Scheinbar wusste die Mutter nicht, dass an der Produktion 40 Schüler beteiligt waren und wir deshalb nur die Hauptrollen doppelt besetzen konnten.

Leider war ihre Auffassung kein Einzelfall, denn auch andere Kinder wurden für einzelne Aufführungstermine abgemeldet. Zum Glück hatten sie aber nur Aufgaben übernommen, die dann umverteilt werden konnten.

In Erinnerung geblieben war mir auch die Generalprobe zu dem Musical.
Ich hatte in jeder Probe zuvor gepredigt, dass die Schüler hinter der Bühne Ordnung halten müssen, damit sie die Requisiten immer griffbereit haben. Vor einer Szene warteten wir unendlich lange. Die Schüler mussten in dieser

Umbaupause einen großen Kessel auf die Bühne tragen. Schließlich trat eine Schülerin vor den Vorhang und rief verzweifelt: „Frau Dunker, hier ist alles vollgemüllt und wir kriegen den Kessel nicht auf die Bühne!"

An solchen Punkten zeigt sich eben immer wieder, dass die Schüler nur durch ihre Erfahrungen lernen und nur selten durch „kluge Ratschläge".

Ebenso zum Schmunzeln war schon das „Casting" zu diesem Musical. Der Blondschopf Lotta hatte Interesse, den Traumelf zu spielen. Optisch passte sie hervorragend zu dieser Rolle, aber leider konnte sie das Solo nicht bewältigen. Ich erklärte ihr, dass ihre Stimmlage nicht passte und bot ihr eine Rolle ohne Sologesang an. Bei den folgenden ersten Proben im Musikraum war sie immer dabei. Als wir dann unsere erste Probe im Forum hatten, fehlte Lotta und ihre Mitschüler wussten nicht warum.

Irgendwann nahm ich ein fortwährendes zischendes Geräusch wahr. Als ich mich umdrehte, sah ich Lotta das Forum fegen. Diese Aufgabe haben unsere Schüler eigentlich nicht.

Ich: Lotta, was machst du denn da?

Lotta: Ich fege.

Ich:	Aber warum spielst du denn nicht mit?
Lotta:	Weil ich fegen möchte.
Ich:	Das verstehe ich nicht. Hat dir das jemand gesagt, dass du fegen sollst?
Lotta:	Nein.
Ich:	Aber dann kannst du doch jetzt mit proben!
Lotta:	Nö. Ich bin gar nicht mehr in der AG.
Ich:	Aber das musst du mir doch sagen! Darüber reden wir nachher mal.

Leider war Lotta nicht mehr zu überreden, weiter teilzunehmen.

Eine Klassenfahrt ist lustig

Im zweiten Kapitel habe ich schon versucht, einen Eindruck von einer Klassenfahrt zu geben, indem ich dort die vielen Fragen der Schüler aufgelistet habe. Da nicht jede Klassenfahrt gleich ist, füge ich den folgenden Elternbrief bei, den ich herausgegeben habe, um auch den Eltern einen Eindruck von so einer Fahrt zu vermitteln. Auf der Klassenfahrt mussten sich die Schüler in Gruppen selbst verpflegen und viele meiner Beobachtungen, die nur in Stichworten zusammengefasst werden, beziehen sich darauf.

Liebe Eltern der Klasse 6b,

hiermit möchte ich Ihnen eine kleine Rückmeldung zu unserer Klassenfahrt geben:

Ihre Kinder haben sich anständig benommen und sich an die meisten Absprachen gehalten. Nach wenigen Tagen fühlten sie sich auf dem Gelände so sehr zu Hause, dass einige wenige die Verabredung, sich nur in kleinen Gruppen in dem Ferienzentrum zu bewegen, missachteten und wir sie zufällig alleine auf dem Rückweg zu den Häusern antrafen. Die Ausreden waren vielfältig. Meine Anweisung, immer meine Handynummer dabei zu haben, befolgten ebenfalls nicht alle. Wie sinnvoll beide

Absprachen sind, konnten sie aber bei einem kleinen Unfall, der gleich von einem Sanitäter versorgt wurde, erkennen.

Insgesamt hatten die Kinder und wir Begleiter eine sehr schöne Klassenfahrt. Bis auf kleinere Krisen war die Atmosphäre harmonisch und die Stimmung bei uns allen sehr gut. Das Wetter hat natürlich sehr dazu beigetragen. Im Folgenden möchte ich Ihnen nun einen kleinen Einblick von meinem „Urlaub mit 28 Kindern" in Stichworten vermitteln. Lassen Sie sich Details von Ihren Kindern erzählen.

<u>Montag:</u> Übermäßiges Gepäck in überfüllten Zügen; ein Haus nach einer Stunde wegen Geruchsbelästigung unbewohnbar – oder doch? 5 km Fußmarsch in Flip-Flops; Einkaufen mit Taschenrechner; Großeinkauf: Nutella, Marmelade und KETCHUP; starke Jungs brauchen keinen Rucksack, wozu gibt es Aldi-Tüten? Zittern an der Kasse; 3 Berliner zum Abendessen; Heimwehtränen und ein Umzug; Hilfeanruf um 21.30 Uhr: „Batterien im Bett ausgelaufen – Das ist doch giftig!"

<u>Dienstag:</u> Frühstück unterwegs; streikendes Marmeladenglas; joggender Spähtrupp; vorerst nette Nachbarn; schlüssellose Kinder; Halsketten für den täglichen Bedarf der Jungen; Pfannen-Beratung; Freundschaftskrisen; leckere Gemüsesuppe und Vanillepudding; Stockbrot

120

über offener Gasflamme; Notruf von zu Hause wegen Batterie-Fleck; daraufhin radikale Fleckentfernung mit Schere; 20.30-21.30 Uhr allgemeine Panikattacken (kleine Jungs terrorisieren große Mädchen und fremde Mädchen strolchen alleine durch die Hecken); in einer Stunde sechs Hilfeanrufe bei Frau Dunker!

<u>Mittwoch</u>: Netter Busfahrer und viele „Fiets"; von Olifant bis Nacktmulle; „Wir wissen gar nicht, wo wir sind. Wir haben keinen Plan mehr." Herr Dunker im Foto-Rausch (Foto-CD wird geliefert); Souvenir, Souvenir; Nachahmung der Kletteraffen; mysteriöser Glasbruch; Gemüseschalen-Vergleich; „Barbie Girl"; Ballspiele am Abend – Schönwetter-Verlängerung; „Lea, die Schönheitskönigin. – Oder war es doch L_ _ _s?" Wieso Spaghetti <u>kochen</u>? – Die schmecken auch <u>so</u>, es sei denn man lässt sie von mitleidsvollen Mädchen kochen; PUTZEN, SPÜLEN, AUFRÄUMEN, MÜLL; „Irgendwie schmeckt hier alles komisch." Kartenspielen und Interview mit Herrn Dunker.

<u>Donnerstag</u>: Knappe Haushaltskasse im Jungenhaus, von Herrn und Frau Dunker vor dem Verdursten gerettet; langgesuchter Schmuck im gefüllten Marmeladenglas; mehr Kreischen als Rutschen im Spaßbad; sicherheitshalber **noch einmal** fragen: **Welche** Rutsche dürfen

wir nicht?"; kleiner Unfall im Spielland auf hinterlistiger Rutsche; Sanitäter schneller zur Stelle als Frau Dunker (Handynummer von Frau Dunker unbekannt?!); verspätetes Mittagessen; und wieder schlüssellose Kinder; „Wir haben grad 'ne Krise, verp..s dich!" Hausversammlung unter Leitung von Frau Dunker; Pfannkuchen entsprechen nicht dem Geschmack der Rauchmelder, der schnell von Herrn Dunker überlistet wird; Lauschangriff beim Mittagessen mit Herrn Dunker; Kniescheibe auf Abwegen und ein kleiner Ausflug mit dem Rettungswagen in das Meppener Krankenhaus; vielleicht hilft es ja dem Sanitäter, wenn um ihn herum im Haus noch etwas gefegt wird? Toben auf der Sanddüne und Füße waschen im Dankernsee – nur die Füße?!; vorbildliches Menü für die Lehrer im Jungenhaus, der Salat zubereitet mit der Unterstützung zweier Mädchen und telefonischer Beratung von zu Hause; allgemeine Lebensmittelbörse und Haushaltsgeld-Aufteilung; kleine Spenden für die Klassenkasse; Abschlussrunde mit Dank an Herrn Dunker; ganz nebenbei: ein leicht verstauchter Fuß; Krisensitzung mit den Jungen – die Aufgabenverteilung klappt nicht; Mehl übrig? – Da gibt es doch ein Spiel! – Und anschließend gibt's Schnee im Garten.

<u>Freitag:</u> Eine Käsespende von Herrn und Frau Dunker für das Jungenhaus für 20 (!) Lunch-Brötchen;

Zuckerbrot und Peitsche (mehr Peitsche als Zuckerbrot, letzteres gab es später): Bis 9.30 Uhr muss alles aufgeräumt und sauber sein ...; zwischendurch Verabschiedung unserer verletzten Schülerin, die vom Vater abgeholt wurde; großes Lob für das U2-Haus: So sauber haben die kontrollierenden Damen noch nie ein Schülerhaus vorgefunden. Bei den übrigen war der Herd nicht ganz sauber, da aber alles andere vorbildlich war, mussten wir sogar die vielen zerbrochenen Gläser (ca. 10!) und ein verschwundenes Messer nicht bezahlen; WARTEN, WARTEN, WARTEN; Übermut zweier Schüler auf letzter Strecke: Was können wir nur tun, um aufzufallen? Füße auf dem Sitz; unangebrachte Kommentare an die Mitreisenden; Verabschiedung von Herrn Dunker und Begrüßung seiner Mutter in Sögehahn; „Gott sei Dank, nicht mehr kochen und einkaufen!"; alle 27 Kinder wohlbehalten in Mortum angekommen und von den Eltern in Empfang genommen und endlich Hilfe beim Gepäck; AUFATMEN VON FRAU DUNKER.

Und noch eine Fahrt

Die gleiche Unternehmung hat mit einer 7. Klasse stattgefunden. Dazu gab es folgende Stichwörter als Rückmeldung an die Eltern:

<u>Montag:</u> Stolpersteine im Museumsdorf Cloppenburg; „All in" – nur nicht im Haus (lange Warteschlange an der Rezeption); Einkaufswanderung unter Schmerzen → Ein Meter Pflasterverbrauch; Kartoffeln, Kartoffeln, Kar-

toffeln; Fragen, Fragen, Fragen; Zittern an der Kasse; 30 Liter Getränke sind doch wohl etwas viel zu tragen; Stimmung: Überleben gesichert für die ganze Woche; „Ich hab' Kartoffeln!" Schminkparade; Hilferuf um 23.28 Uhr; Waffen unter dem Kopfkissen: Kartoffelstampfer ...; Barrikaden vor der Tür; Beim Inventar fehlen: Gemüsesieb, Aufnehmer, Pfannenwender ... – Aber was ist das eigentlich?

Dienstag: Schlossbesichtigung; Teller anwärmen auf dem Hausdach; „Wie wär's denn, wenn jeder seinen Sch---- selber wegbringt?"; „Sag ja, dann haben wir ein Problem weniger." schlüssellose Kinder; Tretbootfahren: Wenn alle aussteigen, kann man schon mal vergessen, dass man für die doppelte Zeit bezahlt hat.

Mittwoch: Apothekensuche; von Olifant bis Nacktmulle; Rucksackopfer im Zoo; „Ich seh' etwas, was Ihr nicht seht. – Einen Tiger." „Schnell, sonst verfall' ich dem Wahn!" 10+Punkte-Essen für die Lehrer; Mittwochs-Krise im Mädchenhaus; Kinoabend; Störung der Nachtruhe: Elternanrufe von zu Hause nach 22.00 Uhr!

<u>Donnerstag:</u> Viel Rutschen und Kreischen im Spaßbad; Spielen und Rutschen ist dem Einkaufen vorzuziehen; „Die anderen waren plötzlich weg." Popcorn-Spaziergang; Abkürzungstest negativ; Toben auf der Sanddüne und Füße waschen im See – nicht nur die Füße! Sand in allen Poren – auch in den Ohren; „Kann das sein, dass die Toilette kaputt ist, weil jemand die Papprolle vom Toilettenpapier hineingeworfen hat?" Sie hingen in den Seilen und waren mutig und tapfer; Dankernmarkt geschlossen: Hätte man vielleicht doch lieber morgens einkaufen sollen? Mysteriöser Glasbruch und Glasschwund; „Ich hab' Mehl! Ich hab' Mehl!" + Freudentanz; „Hier darf keiner mehr mit Schuhen rein – nur barfuß oder auf Socken!" mangelhafte Haushaltsplanung in T2 und T3; Pizzanotdienst für T3; Vanillepudding auf Abwegen; „Ich brat' mal noch 'n paar Eier. – Habt Ihr noch 'n paar Eier?" Krisenbesprechung im Jungenhaus; das große Aufräumen.

<u>Freitag:</u> Prüfungstag – oder war es doch nur die Endabnahme der gereinigten Häuser? Enttäuschung: Trotz größter Mühe musste in den meisten Häusern noch nachgespült werden (Gläser mit Schmierfilm, Nudelreste im Topf, Kühlschrank nicht ausgewischt, gelben Eimer nicht ausgeleert: „Ich wusste gar nicht, dass

126

wir so einen haben.") - Trotzdem waren die Damen zufrieden und wir mussten auch den Glasbruch nicht bezahlen. Fast pünktliche Abfahrt; pünktliche Ankunft; alle 30 Kinder wohlbehalten in Mortum angekommen und von den Eltern in Empfang genommen; Aufatmen bei Frau Laster und Frau Dunker; Enttäuschung: Kein Dankeschön.

Der 13. Strich

Nun ist es an der Zeit, auch einmal das Elternverhalten näher zu betrachten.

Exemplarisch möchte ich das folgende Telefongespräch anführen; denn es drückt aus, welche Probleme mit in die Schule getragen werden. So manche Gespräche am Elternsprechtag oder in unserer Sprechstunde, die wir Lehrer in einer festen Wochenstunde anbieten, beinhalten die gleichen Themen.

Mutter: Hallo Frau Dunker. Ich rufe an, weil Jochen mir am Donnerstag nach der Schule berichtete, dass er für die fehlende Hausaufgabe einen Strich bekam.

Ich: Ja, es war die 13. vergessene Hausaufgabe in Englisch.

Mutter: Er war sehr traurig und fing an zu weinen – auch aus Angst, dass er dadurch schlimmstenfalls sogar eine schlechtere Note im Zeugnis bekommen könnte.

Ich: Natürlich. Er weiß ja, dass das Auswirkungen auf die mündliche Note hat. Und mündlich steht er ja auch zwischen 4 und 5, ebenso schriftlich.

Mutter: Für diesen Strich jetzt konnte Jochen selbst aber gar nichts, ich war die Schuldige. Und zwar wollte ich mich vergewissern, dass Jochen seine Hausaufgabe auch tatsächlich erledigt hatte und nahm das Workbook aus seinem Ranzen, nachdem er diesen bereits für den nächsten Schultag gepackt hatte. Ich hatte es versäumt, ihm dieses wieder zurück zu geben.

Ich weiß sehr wohl, dass er grundsätzlich selbst dafür verantwortlich ist – und auch lernen muss, für sein Handeln selbst die Verantwortung zu übernehmen. Einige Striche zuvor hatte er sicherlich verdient. Das denke ich wohl … Aber dieses Mal konnte er wirklich nichts dafür.

Und unabhängig davon wollte ich noch schnell was zu unserer familiären Situation sagen, diesbezüglich hatte ich kürzlich das Gespräch mit Frau Wiedau gesucht. Ich weiß nicht, ob dieses zu den Fachlehrern durchgedrungen ist, ich halte es aber für wichtig. Es verhält sich so, dass sich mein Mann vor einiger Zeit getrennt hat und zu seiner neuen Lebensgefährtin gezogen ist. Auch an Jochen sind die letzten Wochen und Monate sicherlich nicht spurlos vorüber gegangen, die neue Situation ist derzeit nicht einfach für uns – weder für mich, noch für ihn und auch nicht für seine kleine Schwester. Seine schulischen Leistungen haben sicher auch darunter gelitten, vor allem die Konzentration – auch wenn er oftmals noch so cool agiert, ich weiß wohl. Das wollte ich nur noch mal mitgeteilt haben und da hoffe ich einfach auf etwas Verständnis. Sicherlich hätte ich schon viel früher das Gespräch in der Schule suchen sollen, ich selbst kann das Ganze aber auch noch nicht verarbeiten.

Ich erinnere mich auch noch genau daran, als Jochen gleich zwei oder sogar drei Striche an einem Tag bekam, dass bei uns zuvor familiärer Stress war, den er auch nicht wegstecken konnte. Da wollte ich Sie bereits kontaktiert haben.

Ich: Das ist ja auch nicht einfach für alle Beteiligten.

Mutter: Wie schon erwähnt – er muss natürlich endlich lernen, dass er selbst dafür verantwortlich ist und auch mehr arbeiten muss. Da waren wir – Sie und ich – uns ja auch bei den Elternsprechtagen bereits einig. Es muss nun endlich mal richtig „klick" machen bei ihm! Er hat mir aber ernsthaft versprochen, dass er sich jetzt mehr anstrengen wird und hat wohl hoffentlich den Ernst der Lage endlich erkannt. Da nehme ich ihn beim Wort.

Ich: Es ist ja gut, dass ich nun die Umstände kenne. Trotzdem muss Jochen die Konsequenzen hinnehmen. Denn ob es nun dreizehn oder zwölf vergessene Hausaufgaben sind, letztendlich beeinflusst das Arbeitsverhalten die Endnote und das ist bei ihm im Moment nicht ausreichend und so muss ich es auch bewerten. Alles andere wäre ungerecht seinen Mitschülern gegenüber.

Mutter: Achso. Naja. Da kann man nichts machen.
Dann bedanke ich mich bei Ihnen, dass Sie mir zugehört haben.

Jochen hat sich natürlich noch ordentlich angestrengt und deshalb hat er auch eine Vier in Englisch im Zeugnis bekommen.

Im Übrigen kann man sich über so manchen Anruf von Eltern auch nur wundern. So hatte ich in einer 5. Klasse die Kinder gebeten, zur nächsten Musikstunde für die Instrumentenkunde ein Laubblatt zu besorgen, um damit die Techniken der Tonerzeugung auszuprobieren. Am Vorabend (Sonntag um 21.00 Uhr) – ich hatte gerade eine Freundin zu Besuch – rief mich eine Mutter an und empörte sich über die Aufgabe, da es doch den ganzen Tag geregnet habe und so kein Blatt besorgt werden konnte. Mein Einwand, dass man doch mit Regen rechnen musste und man das Blatt ja auch an einem anderen Tag der Woche hätte besorgen können, bot natürlich keine Lösung.

Schließlich konnte ich die Mutter beruhigen, da meistens andere Kinder mehrere Blätter mitbringen und bestimmt ihrem Kind eins abgeben würden. Ich fragte sie auch, ob sie möchte, dass ich noch schnell in den Wald hinter meinem Haus laufe und ein Blatt besorge und fügte hinzu, dass es zwar etwas ungünstig sei, weil ich gerade Besuch hätte. Sie verneinte dann ganz verlegen und meinte nun, dass sie wohl selbst eine Lösung finden würde und beendete das Gespräch sehr schnell.

Als Klassenlehrerin gebe ich meine Telefonnummer bekannt, damit Eltern in dringenden Notfällen bei mir privat anrufen können. Ansonsten gibt es ja eine Sprechstunde, die im Sekretariat erfragt werden kann. So finde ich es erstaunlich, dass manche Eltern folgende Probleme als Notfall ansehen und mich zum Teil zu sehr unüblichen Zeiten kontaktieren:

- Um 22.15 Uhr wird nachgefragt, ob die telefonische Krankmeldung am Morgen auf dem Anrufbeantworter des Sekretariats auch bei mir angekommen ist. Es folgt ein ausführlicher Bericht vom Arztbesuch und sämtliche Symptome eines grippalen Infektes werden geschildert.

- An einem Sonntag werde ich darüber informiert, dass die Katze der Familie überfahren worden ist.
- Man teilt mir telefonisch mit, dass das Geodreieck des Sohnes zum zweiten Mal zerbrochen wurde.
- Man möchte wissen, was zu tun ist, wenn das Kind die Federmappe in der Schule vergessen hat.
- Ich werde gefragt, warum das Kopiergeld bis zum 26.10. abgegeben werden soll, obwohl auf dem Elternbrief der 30.10. als letzter Abgabetermin angegeben ist. Die Erklärung, dass ich für das Einsammeln des Geldes die Verfügungsstunde nutzen möchte, damit nicht wertvolle Unterrichtszeit des Fachunterrichts verloren geht, hatte Sohnemann natürlich nicht an die Eltern weitergegeben.
- Am Vorabend des Elternsprechtags möchte eine Mutter wissen, ob die Räume in der Schule ausgeschildert sind und möchte den Termin beim Kollegen Vierde absagen.
- Am Sonntag wird um 11.15 Uhr Bescheid gegeben, dass die Tochter sich einen Magen-Darm-Virus eingefangen hat und am Montag nicht in die Schule kommen wird.

In vielen Gesprächen zeigt sich, wie sehr manche Eltern nur die Perspektive ihres Kindes

134

einnehmen und ihrem Kind auch nur zu gerne alles glauben. Nicht selten stellen wir fest, dass Schüler überfordert sind und unter sehr großem Druck stehen, das Abitur zu schaffen. Viele Eltern sind der Meinung, dass der schulische Erfolg nur vom Fleiß ihres Kindes oder vom Einsatz des Lehrers abhängt. Sie wollen nicht wahrhaben, dass das geistige Potenzial ihres Kindes eine wesentliche Voraussetzung für den Erfolg im Abitur ist. Als Beispiel möchte ich die Schülerin Katja nennen, die von einem Nachbargymnasium an unsere Schule wechselte. Schnell war zu beobachten, dass sie im Laufe ihrer Schulzeit große Lücken in Mathematik aufgebaut hatte und ihr das mathematische Verständnis fehlte. Da sie auch Probleme in anderen Fächern hatte, habe ich mich natürlich gefragt, wie sie so den erweiterten Abschluss bekommen hat, um in unsere Oberstufe zu wechseln. Eine Deutsch-Kollegin konnte berichten, dass Katjas Eltern ihr seit der 5. Klasse Nachhilfe in Deutsch und Mathe finanziert haben. Nach kurzer Zeit konnte ich in meinem Leistungskurs Mathematik feststellen, dass Katja weder die Bruchrechnung noch die einfachsten Termumformungen beherrschte. Außerdem fehlte ihr jegliches Verständnis für den Umgang mit Funktionen - eine wesentliche Voraussetzung für die Arbeit in der Oberstufe. Katja hatte bereits resigniert und verhielt sich in meinem Unterricht sehr passiv. Ergebnisse besorgte sie sich beim Nachbarn, ihren Taschenrechner brachte sie erst gar nicht mit. Am Unterricht beteiligte sie sich gar nicht.

Das Gespräch, das ich eines Tages mit ihrem Vater führte, überraschte mich deshalb sehr und ich fühlte mich enorm unter Druck gesetzt. Denn nicht **ich** musste etwas tun, sondern **Katja**!

Vater: Frau Dunker, unsere Tochter Katja ist im vergangenen Jahr vom Gymnasium Mohrberg in die Oberstufe nach Mortum gewechselt. Da Katja in Mohrberg stets gut mitgekommen ist, haben wir auch in Mortum keine besonderen Schwierigkeiten erwartet. Leider ist die Situation eine andere.

Ich: Ja, ich weiß.

Vater: Einige Schüler aus Mohrberg scheinen nicht ausreichend auf das Gymnasium in Mortum vorbereitet zu sein. Dieses trifft auch auf Katja zu. Im Fach Mathematik ist Katja von der Note 2- in den Schuljahren 9 und 10 auf die Note 5- im 1. Halbjahr des Jahrganges 11 abgefallen. Auch in anderen Fächern haben sich nicht ausreichende Noten ergeben. Diese Erfahrung musste Katja erstmalig in der Schule machen.

Ich: Das tut mir leid.

Vater: Auch persönlich war es in dieser Zeit sehr schwer für Katja. Ihr ehemaliger Freund hatte Katja ständig nachgestellt – permanent Tag und Nacht – sodass sie mit dieser Schulsituation psychisch sehr angeschlagen war. Dieses „Stocking" ging über mehrere Monate, bis wir gemeinsam endlich für ein Ende sorgen konnten.

Ich: Sie meinen „Stalking".

Vater: Ja, genau. Aufgrund der Gesamtsituation haben wir uns im Oktober vergangenen Jahres entschieden, dass Katja sich um einen Ausbildungsplatz zum 01.08.2011 bemüht und damit auf das Abitur verzichtet.

Ich: Das halte ich für eine gute Idee.

Vater: Die Freude war natürlich groß, als sich Katja im Bewerbungsverfahren bei der Sparkasse Bienberg durchgesetzt und somit eine Ausbildungsstelle in ihrem Wunschberuf „Bankkauffrau" bekommen hat. Damit schienen die vergangenen Monate ein gutes Ende genommen zu haben. Katja ist seitdem wieder befreiter und lebenslustiger geworden. Ihren Einsatz für die Schule, insbesondere auch zu Hause, hat sie deutlich erhöht.

Ich: Ja, das ist doch toll.

Vater: Leider sind die Ergebnisse in Mathematik noch nicht ausreichend, obwohl Katja sich sehr intensiv auf die erste Klausur vorbereitet hatte. Wie Sie mit Katja analysiert haben, lag dieses nicht daran, dass sie die Methode nicht verstanden hatte, sondern, dass sie nicht wusste wie sie an die gestellten Aufgaben herangehen muss. Im Rahmen der Vorbereitung hatte sie sehr viele Aufgaben gerechnet. Für die Ergebniskontrolle hatten wir fachliche Unterstützung.

Ich: Und wo liegt nun das Problem?

Vater: Zur Zeit sind wir wieder sehr besorgt, weil uns die Sparkasse Bienberg mitteilte, dass die Ausbildungsplatz-Zusage nur unter der Voraussetzung gilt, dass Katja den schulischen Teil der Fachhochschulreife zum Ende des Schuljahres erreicht. Nach Auskunft von Herrn Bernstein darf sich Katja in diesem Halbjahr – insbesondere in den Prüfungsfächern – keine Unterkurse mehr erlauben, um die notwendige Fachhochschulreife bescheinigt zu bekommen.

Ich: Ja, ich habe schon gehört, dass sie noch weitere Unterkurse hat.

Vater: Daher müssen wir alles daran setzen, dass Katja in Mathematik ein ausreichendes Ergebnis erreicht.

Ich: Wir?

Vater: Naja, Katja bestätigt uns, dass sie Ihre Unterstützung wahrnimmt. Sie geben Katja die Möglichkeit durch ein Referat ihre Notensituation zu verbessern. Außerdem ist ja noch eine zweite Klausur zu schreiben. Hierfür muss Katja allerdings lernen, wie sie an die gestellten Aufgaben herangehen muss.

Ich: Ja, letztendlich muss sie etwas tun und nicht wir.

Vater:	Frau Dunker, wir bedanken uns für Ihre bisherige Unterstützung und hoffen weiter auf Ihre Mithilfe, damit Katja in Mathematik die notwendigen 5 Punkte erreicht. Katja hat zehn Jahre erfolgreich die Schule besucht und musste sich dieses stets auch erarbeiten. Durch die dargestellte Situation und die Geschehnisse der vergangenen Monate besteht für Katja die akute Gefahr, dass sich dieses innerhalb von wenigen Monaten umkehrt.
Ich:	Ich fürchte aber, dass ich da nicht mehr tun kann. Es hängt doch von Katja und ihren Fähigkeiten ab.
Vater:	Aber wenn Katja die Fachhochschulreife nicht erreichen kann, wird es für sie praktisch nicht möglich sein, ihren Wunschberuf „Bankkauffrau" erlernen zu können. Die Banken werden wohl eine erneute Bewerbung nicht mehr annehmen.
Ich:	Aber wie gesagt, darauf habe ich keinen Einfluss. Selbstverständlich gebe ich das Möglichste an Unterstützung, aber mehr ist eigentlich auch nicht machbar.

Vater:	Aber z.B. wären weitere Hinweise von Ihnen, wie sich Katja auf die nächste Klausur vorbereiten kann, für sie sehr wichtig.
Ich:	Aber diese Hinweise gebe ich doch allen meinen Schülern.
Vater:	Auf jeden Fall wären wir sehr dankbar, wenn wir weiter Ihrer Unterstützung sicher sein könnten.
Ich:	Natürlich. Das ist ja schließlich mein Job.

Hier wird sehr deutlich, dass die Eltern alles unternehmen, um ihrer Tochter zu helfen. Aber nur das alleine reicht eben nicht zum Abitur. So konnte Katja mit dem Referat nicht glänzen und die zweite Klausur war sogar ungenügend. Selbstverständlich gebe ich allen meinen Schülern Hinweise, wie sie sich auf die Klausuren vorbereiten können und stelle Übungsaufgaben mit Lösungen zur Verfügung. In dem Leistungskurs mit 27 Schülern erzielten daher auch ein Drittel der Schüler gute bis sehr gute Ergebnisse.

Zu erwähnen wäre wohl noch, dass Katja sehr wohl auch ohne die Fachhochschulreife die Ausbildungsstelle bekommen hat, wie ich zufällig durch ein Foto in der lokalen Presse erfahren habe.

Das Känguru lässt sich nicht antreiben

Es gehört zu meinen jährlichen Aufgaben, den Känguru-Wettbewerb in Mathematik an unserer Schule zu organisieren. Der Wettbewerb wird vom Institut für Mathematik ausgerichtet. Jeder teilnehmende Schüler entrichtet eine Gebühr von 2 Euro und die Schule erhält dafür Aufgabenblätter, Antwortzettel, Urkunden, kleine Gewinne für alle und tolle Gewinne für 1. bis 3. Preise.

Der größte Aufwand ist dabei – so dachte ich jedenfalls – alle Namen der Teilnehmer am Computer in eine Maske einzutragen und die Antworten von den Antwortzetteln der Schüler zu übertragen, um die Ergebnisse online zu übermitteln. Aber ich habe mich getäuscht. Eine viel größere Herausforderung ist es, die entsprechenden Teilnehmerlisten und das Teilnehmergeld rechtzeitig von den Mathematik-Kollegen zu bekommen. Für das Jahr 2013 möchte ich deshalb einmal darstellen, wie so etwas abläuft.

Da es bisher immer Stress gab, alles rechtzeitig für die Anmeldung zu erhalten und immer noch nach Anmeldeschluss sich Schüler meldeten, die vergessen worden waren, habe ich jetzt einfach schon am 11. Januar 2013 eine E-Mail an die Fachkollegen geschickt:

Känguru-Tag ist der 11. April 2013.

Anmeldeschluss ist Anfang März. Da erfahrungsgemäß das Einsammeln der Teilnahmegebühr sehr lange dauert, empfehle ich, zu Beginn des neuen Halbjahres, also Anfang Februar, für den Wettbewerb zu werben und möglichst bald das Geld einzusammeln. Zur Erinnerung: Die 5. Klassen (gerne auch andere) sollen geschlossen daran teilnehmen. Für sie gibt es einen Elternbrief, den ich kopieren werde.

Es ist wohl nun auch schon Tradition, dass der 11er Mathematik-Leistungskurs geschlossen daran teilnimmt. Klausuren haben allerdings Vorrang.

Ich benötige für die Anmeldung eine Namensliste der Teilnehmer (bitte Klassenliste verwenden) und das Startgeld von 2 Euro pro Teilnehmer.

Kurzentschlossene oder vergessene Teilnehmer werde ich in diesem Jahr nicht mehr zulassen, da der Verwaltungsaufwand zu groß ist.

Schönes Wochenende!
Gruß
Anke Dunker

Zu Beginn des 2. Halbjahres kopiere ich die Elternbriefe für die 5. Klassen und lasse sie von den Mathelehrern dort verteilen.

Die Erfahrung hat gezeigt, dass so mancher Kollege eine Erinnerung benötigt. Deshalb schreibe ich am 4. Februar (17.30 Uhr) eine Erinnerungsmail mit Angabe des Termins für die Abgabe.

Liebe Fachkolleginnen und -kollegen,

ich möchte daran erinnern, dass in den Klassen abgefragt wird, welche Schüler am Känguru-Wettbewerb teilnehmen möchten.

Känguru-Tag: 11.03.2013

Ich hätte gerne bis zum 15.2.13 die Teilnehmerlisten und das Geld (2 Euro pro Teilnehmer).

Gruß

Anke Dunker

Gerade habe ich die Mail abgeschickt, da fällt mir auf, dass sich ein Fehler eingeschlichen hat. Also sende ich eine weitere Mail um 17.38 Uhr:

144

Sorry!

Der Känguru-Tag ist am 11. <u>April</u> 2013.

Gruß
Anke Dunker

Mir fällt auf, dass auch auf dem Elternbrief das falsche Datum steht. Am nächsten Tag informiere ich darüber die Mathelehrer der 5. Klassen.

Ich freue mich, denn der Kollege Sawatzki gibt mir schon zwei Tage vor dem Abgabetermin seine Liste (3 Teilnehmer) und das Geld. Die frühzeitige Mail und die Erinnerung scheinen ein guter Weg zu sein.
Zwei Tage später gibt mir der Kollege aber noch weitere 2 Euro mit den Worten „Sarah möchte auch noch teilnehmen." Da er mir keine offizielle Klassenliste gegeben hat, muss ich darauf achten, dass der Name richtig geschrieben ist; denn er erscheint auf der Urkunde und ich hatte schon einmal Ärger mit Eltern, weil der Name ihres Sprösslings dort falsch geschrieben war. Ich notiere ihn mir und überprüfe zu Hause auf Richtigkeit.

Und es geht so gut weiter. Auch die Referendarin gibt mir das Geld schon am Donnerstag, einen Tag vor Abgabetermin. Es klappt!!!

Ich habe wegen einiger Stundenverlegungen ausnahmsweise am Freitag (15.2.13, Abgabetermin) frei.

Schnell schicke ich die folgende Mail (Donnerstag, 14.2.13) an meine Fachkollegen:

Hallo,

da ich morgen nicht in der Schule sein werde, bitte ich darum, mir das Geld und die Teilnehmerlisten (sofern nicht schon geschehen) für den Känguru-Wettbewerb erst Montag zu geben.

Gruß
Anke Dunker

Am Sonntag (17.2.13) ruft mich der Kollege Preuss an. Er sei krank und würde die Listen scannen und mir das Geld später geben.

Da ich selbst krank bin und vorhabe, am Montag zum Arzt zu gehen, gebe ich zu, dass ich etwas Verzögerung eingeplant habe.

Außerdem informiert Martin mich darüber, dass Carina, eine Schülerin aus der Klasse der Referendarin, ihm 2 Euro in die Hand gedrückt hat, weil sie auch noch teilnehmen möchte. Ich notiere es sofort.

Am Montag (18.2.13) werde ich krank geschrieben. Wieder informiere ich die Fachkollegen per Mail:

Liebe Fachkolleginnen und -kollegen,

ich habe mich bis einschließlich Mittwoch krank schreiben lassen und kann deshalb die Känguru-Listen und Beträge nicht entgegen nehmen. Da ich eine Verzögerung eingeplant hatte, reicht es, wenn ich alles bis Freitag bekomme. Wie ich gehört habe, bin ich nicht die Einzige aus der Fachschaft, die krank ist. Deshalb:
Keinen Stress und gute Besserung!

Gruß
Anke Dunker

Damit auch die Schüler wissen, dass es höchste Zeit für die Anmeldung ist, setze ich noch eine Mitteilung auf die Homepage.

Noch etwas angeschlagen trete ich am Donnerstag (21.2.13) wieder meinen Dienst an. Wie immer nach ein paar Fehltagen stürmt eine Menge auf mich ein.
Ich betrete das Lehrerzimmer und komme gar nicht dazu, meinen Mantel auszuziehen; denn die Kollegin Kleister-Müller ist ganz aufgeregt, da sie ihre Teilnehmerliste dem Kollegen

Preuss gegeben hatte und sich danach aber noch zwei weitere Schüler angemeldet haben.

Ich suche die Liste auf meinem Platz (immer noch in Mantel), finde sie aber nicht. Also bitte ich die Kollegin, es dann mit Martin Preuss zu klären.

Nun kann ich meinen Mantel aufhängen. Noch auf dem Weg von der Garderobe zu meinem Platz redet die neue Kollegin Bargel auf mich ein, sie habe gar nicht gewusst, dass sie für alle ihre Klassen das Geld einsammeln muss. Sie dachte, das würden die Klassenlehrer erledigen. Aber sie würde sich bemühen, alles bis zum nächsten Tag zusammen zu haben. Sie gibt mir das Geld von der 5b mit dem Hinweis, dass der neue Schüler David auch teilnimmt. Ich benötige den vollständigen Namen. Sie diktiert den Doppelnamen mit Bindestrich.

Auf meinem Platz finde ich eine Tasse aus der Lehrerküche, darunter liegen drei Listen. Ich vermute, dass diese Listen zu dem Geld in der Tasse gehören. Ich zähle das Geld und stelle fest, dass laut Listen 38 Euro darin sein müssten, es befinden sich aber nur 28 Euro in der Tasse. Auf den Listen ist kein Name des Kollegen vermerkt. Mit Hilfe des Stundenplans im Lehrerzimmer finde ich heraus, wer in diesen Klassen Mathematik unterrichtet. So frage ich den Kollegen Kramer, ob die Tasse und die

148

drei Listen zusammengehören. Darauf fragt er „Fehlen etwa zehn Euro?" Ich bin etwas irritiert und bejahe. Seine Erklärung ist, dass er nicht mehr wusste, ob er sie hinein getan hatte oder nicht. (Dreimal darf man raten, wer die Tasse danach wohl gespült hat?!)

Zwischendurch hat mir Martin Preuss seine Umschläge mit dem Geld und die Teilnehmerlisten (vorbildlich!) und die berichtigte Liste der Kollegin Kleister-Müller gegeben. Ich muss ihn nur noch an die 2 Euro von Carina (nachgemeldete Schülerin) erinnern.

So langsam muss ich nun aber auch mal unterrichten.

Nach der ersten Doppelstunde überfällt mich
wieder die Kollegin Bargel: „In der 6b fehlt
ein Schüler. Die anderen meinten, dass er wohl
mitmachen möchte. Was soll ich denn nun
machen?" Meine Antwort: „Es gibt zwei Möglichkeiten. Entweder du meldest ihn an und
trägst das Risiko, 2 Euro selbst bezahlen zu
müssen oder du meldest ihn nicht an und hast
vielleicht hinterher den Ärger. Die Kollegin
entscheidet sich für einen Anruf bei dem Schüler. Außerdem zeigt sie mir auf der Klassenliste, wie David (er war vorher in der 6b) geschrieben wird: Doppelname **ohne** Bindestrich!

In der folgenden Doppelstunde sind meine
Schüler stillbeschäftigt und ich fange an, das
abgegebene Geld zu zählen. Ich stelle fest,
dass auf der Klassenliste von Ilka Kleister-
Müller 17 Teilnehmer - inklusive der zwei
nachgemeldeten – als Summe vermerkt sind,
aber 18 Namen angekreuzt sind. Es wurden
jedoch auch nur 34 Euro gezahlt. Also muss
ich am nächsten Tag noch einmal nachfragen,
da Ilka heute schon Unterrichtsssschluss hat.

Bevor ich nach Hause gehe, sagt mir unsere
Sekretärin, dass noch ein Schüler aus der 6b

am Wettbewerb teilnehmen möchte. Ich vermute, dass es der kranke Schüler ist.

Am Freitagmorgen spreche ich Ilka Kleister-Müller wegen der 18 Kreuze an. Beim Überprüfen erkennt sie sofort, welcher Schüler nicht bezahlt hat. Da ich sie später nicht mehr treffe, lege ich das Geld aus.

Den Kollegen Muschelbach frage ich in der ersten großen Pause, wann ich seine Känguru-Listen bekomme. Er erklärt mir, dass er die ganze Woche krank war und erst heute in seiner Mathe-Klasse fragen kann. Eine Pause später notiert er mir ganz stolz auf einem Briefumschlag: Känguru, 7c, 13 Teilnehmer. Ich sehe ihn wortlos, aber erwartungsvoll an. Er zeigt keine Reaktion und so frage ich nach der Teilnehmerliste. Er möchte sie nur ungern aus der Hand geben, weil er dort gekennzeichnet hat, wer bezahlt hat und wer nicht. Mein Hinweis auf eine Kopie ist die Lösung, die er sofort umsetzt. Das Geld legt er für seine Schüler aus.

Am Samstag (23.2.13) bereite ich die Maske für die Eingabe der Ergebnisse vor. Dafür benötige ich die Namen, die später auf der Urkunde erscheinen werden.
Zum Schluss bemerke ich, dass mir die Liste des Leistungskurses Jahrgang 11 ganz fehlt.

Ich bitte den Kollegen Preuss per E-Mail darum.

Am Sonntagvormittag erhalte ich sie und kann die Vorbereitungen abschließen.

Jetzt denke ich darüber nach, wie der Ablauf der Organisation optimiert werden kann und dabei ist mir das folgende Rezept eingefallen:

So könnte das Känguru wie geschmiert hüpfen:

- Man nehme nach der **1. Ankündigung des Wettbewerbs** aus dem Ordner eine Klassenliste für jede Klasse, in der man Mathematik unterrichtet.
- Man frage in der Klasse, wer teilnehmen möchte. Man kennzeichne dieses in der Liste.
- Man vereinbare mit der Klasse einen Termin bis wann das Geld gezahlt werden soll.
- Man sammle das Geld an dem vereinbarten Termin ein. Schüler, die es vergessen haben, lasse man es bei den Mitschülern (oder dem Fachlehrer) leihen.
- Man übergebe Anke die Klassenlisten und das Geld.

FERTIG!

Ich verschicke dieses gesamte Kapitel als E-Mail an meine Fachkollegen, in der Hoffnung, dass ich damit bewusst machen kann, wie die Organisation hakt, wenn ein Rädchen im Getriebe klemmt. Da ich in meinem Anschreiben deutlich mache, dass ich keinen ärgern oder gar tadeln möchte, sondern lediglich meine Perspektive auf unterhaltsame Weise darstellen möchte, ist mir auch keiner böse und alle können darüber lachen. Die Kolleginnen Patte und Bigalski freuen sich sogar, dass sie die einzigen sind, die nicht erwähnt wurden.

Allerdings hält die Freude bei Samira Bigalski nicht lange an. Am Mittwoch nach einer Dienstbesprechung ruft sie mich ganz geknickt an, um mir mitzuteilen, dass sie zwei Schülerinnen vergessen hat, die sich schon sehr früh angemeldet hatten und die ihr auch schon das Geld gegeben hatten. Als sie auf der Rückfahrt von der Dienstbesprechung im Zug in ihre Tasche sah, fand sie vier Euro und den Zettel, auf dem sie sich die Namen notiert hatte. Bei der endgültigen Abfrage in der Klasse sind die beiden Mädchen krank gewesen und wurden deshalb nicht in die Klassenliste eingetragen.

Da ich schon alle Teilnehmerzahlen angemeldet habe, bleibt nur noch die Möglichkeit, diese beiden Mädchen als Ersatz teilnehmen zu lassen. Normalerweise bekommen Schüler, die angemeldet sind und nicht teilnehmen, die

Startgebühr nicht zurück, da sie trotzdem ein kleines Geschenk und das Heft mit den Aufgaben und Lösungen erhalten. Aber in diesem Fall müssen wir dann eine 5. oder 6. Klasse finden, in der genau zwei Schüler krank waren oder zwei Klassen mit je einem ausgefallenen Teilnehmer. Ich notiere mir die Namen und tröste die Kollegin damit, dass die Wahrscheinlichkeit für zwei verhinderte Teilnehmer in diesen Klassenstufen doch sehr hoch ist.

Zur Organisation des Wettbewerbs gehört auch, dass ich die ca. 260 teilnehmenden Schüler in Prüfungsgruppen einteile. Unser Koordinator verteilt dann die Räume und Aufsichten. Einige Klassen, aus denen viele Schüler am Wettbewerb teilnehmen, werden dann zu Restgruppen zusammengelegt. Die Kollegen, die diese Gruppen unterrichten, benötigen eine Liste der Schüler, die anwesend sein müssten. Es wäre alles so einfach, wenn ich ihnen die Klassenlisten geben könnte, auf denen die Mathe-Kollegen die Teilnehmer und damit auch die Nichtteilnehmer gekennzeichnet haben. Leider fehlen mir aber wieder vier Listen, da zwei Kollegen mir die Teilnehmer nur auf einen Zettel geschrieben hatten. So fülle ich schließlich selbst die entsprechenden Klassenlisten aus, damit alle vernünftig informiert sind.

Unsere Frau Hemmerich

Wie schon erwähnt, ist Frau Hemmerich (HM) unsere Schulsekretärin. Sie ist der gute Geist unserer Schule und kümmert sich um die Sorgen und Nöte unserer Schüler, Lehrer und Eltern.

Ich bin immer wieder beeindruckt, wie sie stets Ruhe bewahren kann, wenn sie die teilweise nicht ganz einfachen Gespräche mit den Müttern und Vätern führen muss.

Mit ihrer Hilfe habe ich die folgenden Dialoge zusammengetragen.

Mutter: Hallo. Ich rufe an, weil meine Tochter in der 10b morgen ein Referat halten muss.

HM: Und wobei soll ich helfen?

Mutter: Sie bringt dafür ihr eigenes Notebook mit. Und falls das Kabel nicht bis zur Steckdose reicht, benötigt sie ein Verlängerungskabel.

HM: Ja, das wäre wohl hilfreich.

Mutter: Gibt es denn so etwas in der Schule?

HM: Das denke ich schon.

Mutter: Können Sie wohl dafür sorgen, dass

so ein Kabel im Klassenraum ist?

HM: Nein, das kann ich nicht. Da hätte Ihre Tochter unseren Hausmeister ansprechen müssen.

Mutter: Das hat sie nun aber nicht getan. Können Sie ihm das nicht sagen?

HM: Das könnte ich schon. Aber damit hat ihre Tochter ja das Kabel noch nicht. Sie muss schon zu ihm hingehen und es holen.

Mutter: Wann kann sie das denn tun?

HM: Wann muss sie denn das Referat halten?

Mutter: Ich glaube in der vierten Stunde.

HM: Dann kann sie in der ersten großen Pause zum Hausmeister gehen.

Es muss erwähnt werden, dass unser Hausmeister ebenfalls ein sehr gutmütiger und hilfsbereiter Mensch ist. Eigentlich wissen alle Schüler, dass sie ihn nur fragen müssen, wenn sie etwas brauchen.

Frau Hemmerich muss sich auch so manche Beschwerden anhören.

Vater: Ich möchte mal fragen, wer sich das ausgedacht hat, das Betriebspraktikum im Winter machen zu lassen.

HM: Das hat die Politik-Fachschaft so festgelegt.

Vater: Hätte man denn da keinen Termin wählen können, an dem kein Schnee liegt?

HM: Also Schnee könnte ja von November bis April liegen. Und so ein Praktikum muss ja auch vorbereitet und nachbereitet werden. Außerdem muss es in den allgemeinen Schuljahresplan mit den Klassenfahrten und Austauschprogrammen und so weiter passen.

Vater: Trotzdem ist das unmöglich. Mein Sohn kann jetzt nicht mit dem Fahrrad fahren und nun muss ich sehen, wie er zum Betrieb kommt.

HM: Er kann doch bestimmt mit öffentlichen Verkehrsmitteln fahren.

Vater: Da hat er dann viel zu lange Wartezeiten und kommt viel zu spät nach Hause.

HM: Es tut mir leid, aber sehr viele unserer

Schüler fahren mit der Bahn oder mit dem Bus und schaffen das.

Vater: Aber mein Sohn nicht! Darüber werde ich mich bei Herrn Wedel beschweren.

HM: Das können Sie gerne tun, aber er gehört zur Politik-Fachschaft und hat den Termin mit ausgewählt.

Vater: Und überhaupt, wer zahlt mir das denn nun? Ich habe erst meine Frau zur Arbeit gefahren und dann meinen Sohn.

HM: Naja, das gehört nun mal zum Berufsleben dazu. Und auch diese Erfahrung können die Schüler während des Praktikums mal machen. Jeder muss bei widrigen Witterungsverhältnissen ja sehen, wie er zur Arbeit kommt und kann das dann niemanden in Rechnung stellen.

Im Winter scheint unsere Frau Hemmerich wohl häufiger die Beschwerdestelle zu sein, wie folgendes Gespräch zeigt.

Mutter: Ich möchte mich mal beschweren. Mein Kind hat gestern eine Stunde auf den Bus gewartet!

HM: Das mag wohl sein. Es lag ja gestern so hoch Schnee, dass die Busse nicht durchkamen.

Mutter: Aber mein Kind war so durchgefroren. Es konnte sich danach in der Schule gar nicht konzentrieren.

HM: Deshalb schreibt Herr Wedel ja auch immer in die Mitteilungen, dass Sie im Winter bei extremer Wetterlage selbst entscheiden können, ob Sie Ihr Kind in die Schule schicken.

Mutter: Aber dann verpasst es doch zu viel im Unterricht.

HM: Aber was wollen Sie denn? Ich war immer froh, wenn meine Kinder bei so einer Wetterlage heil angekommen sind.

Mutter: Ja. Aber das lange Warten an der Bushaltestelle muss doch nicht sein.

HM: Wie soll man das denn vermeiden?

Mutter: Kann denn vorher nicht jemand dort vorbeifahren und Bescheid sagen, wann der Bus kommt?

HM: Wer sollte das denn tun?

Mutter: Das weiß ich auch nicht.

HM: Ja, da kann ich Ihnen aber auch nicht helfen.

Mutter:	Früher gab es immer eine Stelle beim Landkreis, wo man sich beschweren konnte.
HM:	Und das bin ich nun?
Mutter:	Naja, irgendwo musste ich ja mal meinen Ärger loswerden.

Besonders in Erinnerung geblieben ist uns der Vorfall, als einem Schüler, Josch Hauser, das Handy abgenommen worden war, weil es zum wiederholten Male in der Stunde geklingelt hatte. Es wurde im Sekretariat deponiert, da es nur den Eltern wieder ausgehändigt werden sollte.

Kurz nachdem die Eltern benachrichtigt worden waren, erschien Vater Hauser in Begleitung eines „Bodyguards" (BG). Letzterer erfüllte wohl sämtliche Klischees dieser Berufsgruppe: Ein muskelbepackter Mensch in Jogginghose und Muskelshirt.

Hauser:	Ich fordere die sofortige Herausgabe des Notebooks meines Sohnes. Es ist gerade neu gekauft worden. Das ist eine Frechheit!
HM:	Notebook?
Hauser:	Ja, das ist Diebstahl. Ich verlange es sofort zurück. Es ist eine Unver-

160

schämtheit!

HM: Ich habe hier nur das Handy Ihres Sohnes und das ist nicht das erste Mal, dass sich Ihr Sohn bezüglich der Nutzung nicht an die Schulordnung hält. Deshalb sollten Sie es ja auch abholen.

BG: Aber das ist doch Vorenthalten des Eigentums!

Das imposante Auftreten der beiden Herren wurde von unserem stellvertretenden Schulleiter, der fassungslos in der Teeküche des Sekretariats verharrte, nur sprachlos beobachtet.

Der laute Wortwechsel hatte inzwischen unseren Schulleiter im Nebenzimmer alarmiert, der dann die Situation entschärfte, indem er Vater Hauser mit in sein Büro bat, dem „Bodyguard" allerdings mit einer eindeutigen Geste den Zutritt versagte. Eine Diskussion darüber erübrigte sich dann, weil genau in dem Moment das Handy des Mannes klingelte und er das Sekretariat verließ, um den Anruf in Empfang zu nehmen.

Zu Beginn eines neuen Schuljahres muss Frau Hemmerich regelmäßig mit den Eltern bzw. Schülern Kontakt aufnehmen, die versäumt haben, die Leihgebühr für die Schulbücher zu überweisen. Dabei entstand zum Beispiel drei Wochen nach Beginn des Schuljahres der folgende Dialog mit Lara, einer Schülerin des 11. Jahrgangs, die neu an unsere Schule gekommen war.

HM: Lara, ihr habt das Geld für die Schulbücher noch nicht überwiesen.

Lara: Nein, ich habe ja auch keine Bücher geliehen.

HM: Achso, dann weiß ich ja Bescheid. Ihr habt nämlich auch nicht den Zettel abgegeben. So war ich mir nicht sicher, was ihr vorhabt.

162

Lara:	Könnte ich denn noch leihen?
HM:	Aber Lara, hast du denn den Brief nicht bekommen, den wir vor den Ferien mit allen Informationen verschickt haben? Da war zum Beispiel auch die Information zum Taschenrechner dabei und so weiter.
Lara:	Doch, aber den habe ich gar nicht aufgemacht.
HM:	Das verstehe ich aber jetzt irgendwie nicht. Das ist doch wichtig! Und ich sehe gerade, ihr würdet ja auch nicht den vollen Preis zahlen. Für solche Fälle bekommen wir einen finanziellen Ausgleich von der Schulbehörde. Der Antrag ist schon längst gestellt und das Geld geht jetzt der Schule verloren.
Lara:	Mmh, aber kaufen ist ja auch teuer.

Natürlich hilft Frau Hemmerich auch dieser Schülerin wieder aus der Patsche…

Frau Hemmerich kümmert sich auch um unsere kranken Schüler. Die Schüler genießen die besondere Aufmerksamkeit, die sie ihnen entgegenbringt, sehr und so konsultieren sie unsere Frau Hemmerich gerne bei jedem Wehwehchen.

Erwähnen möchte ich den Schüler Heiner, der schon einmal von ihr als „Weichei" bezeichnet wurde, weil er sich bei schönstem Wetter von seiner Mutter abholen lassen wollte, als eine Stunde ausfiel, obwohl er nur knapp einen Kilometer hätte laufen müssen. Diese Bezeichnung hatte er Frau Hemmerich sehr übel genommen.

Dass sie mit ihrer Einschätzung aber gar nicht so falsch lag, zeigt das folgende Gespräch mit Heiners Mutter. Es fand nach dem ersten Tag seines Betriebspraktikums, das er bei einem Bäcker absolvierte, statt.

Mutter: Ich möchte Heiner heute krank melden. Er war von dem frühen Aufstehen gestern so geschafft, dass ich ihn heute erst einmal zu Hause behalte.

HM: Können wir denn davon ausgehen, dass er morgen wieder hingeht?

Mutter: Das kann ich noch gar nicht sagen. Er schläft ja noch und da müssen wir morgen sehen, ob er das schafft. Er war ja gestern so erledigt!

HM: Na gut, dann weiß ich Bescheid. Sie melden sich dann aber bitte, wenn er auch morgen noch krank ist.

Wenige Tage nach seinem Praktikum hatte sich Heiner am Zeh verletzt. Nun hatte er folgenden Wunsch:

Heiner: Frau Hemmerich, könnte ich wohl die Krücken aus dem Krankenzimmer ausleihen. Ich habe mich am Zeh verletzt und das tut so doll weh, dass ich gar nicht laufen kann.

HM: Das ist aber keine gute Idee. Das Laufen an den Krücken muss man nämlich üben. Und wenn das notwendig gewesen wäre, hätte der Arzt dir doch welche verschrieben.

Heiner: Ja, aber das tut doch sooo weh und ich kann sonst gar nicht laufen.

Wie Heiners Verhandlung mit Frau Hemmerich ausgegangen ist, habe ich leider nicht mitbekommen.

Als ich Heiners ehemaligen Klassenlehrerin davon erzählte, erinnerte sie sich daran, dass dieser Schüler auf der Klassenfahrt in der sechsten Klasse ganz starkes Heimweh hatte, weil er auf der Matratze der Jugendherberge nicht schlafen konnte. Seine Erklärung lautete damals: „Zu Hause habe ich nämlich eine Luxus-Matratze.“

Schulleiter sind auch nur Menschen

Eigentlich hatte ich beschlossen, dass es nun kein weiteres Kapitel in diesem Buch mehr geben würde, da ja schon alle Seiten beleuchtet wurden und es sich jetzt eigentlich nur noch um Wiederholungen handeln könnte. Aber bei der Vorbereitung des Sommerkonzertes am Schuljahresende 2013 ergaben sich mal wieder einige Hürden, die es so gehäuft noch nicht gegeben hatte.

Dieses Schuljahr war besonders kurz und allzu schnell nahte das Sommerkonzert, das am 25. Juni stattfinden sollte. So wurde mir klar, dass es nun auf jeden Probentermin mit dem Schulchor ankommen würde.

Zwei Wochen vor dem Konzert waren die Zeugniskonferenzen. Unser stellvertretender Schulleiter hatte wie jedes Jahr die 20 Informationszettel zum Ablauf ausgehängt, auf denen auch der Satz „Unterrichtsschluss an den Konferenztagen ist nach der 6. Stunde." zu lesen war. Also stellte ich mich darauf ein, dass die Chor-AG diesen Mittwoch in der 7. Stunde ausfallen würde. Aber - welch ein Glück - eine Woche vorher gab es von unserem Koordinator Carsten Grassmann, der für den Vertretungsplan zuständig ist, eine Notiz im Mitteilungsbuch, dass der Nachmittagsun-

terricht ab der 7. Stunde an den Konferenztagen **nur** ausfällt, wenn die Kollegen dieses
wünschten und es ihm mitteilten.

Das kam mir natürlich gerade recht und obwohl ich an dem Mittwoch noch mit Vorbereitungen für mündliche Abitur-Nachprüfungen
und Konferenzen zu tun hatte, wollte ich meine 7. Stunde nicht ausfallen lassen und melde-
te mich also **nicht** bei Carsten.

Am Mittwoch, dem Konferenztag, gab es dann
allerdings Verwirrung. Einige Kollegen waren
von dem generellen Unterrichtsschluss nach
der 6. Stunde ausgegangen und in der Schüler-
schaft und im Sekretariat hatte sich schnell
verbreitet, dass die AGs ausfielen. Von dem
Gerücht erfuhr ich leider so spät, dass ich nicht
mehr allen Schülern Bescheid geben konnte,
dass mein Chor **stattfindet**.

Nach der 4. Stunde fragte nun auch Carsten
Grassmann bei mir nach, ob es richtig sei, dass
mein Chor stattfinden soll. Ich wies darauf hin,
dass ich mich **nicht** bei ihm gemeldet hatte
und somit doch auch **nichts** auszuplanen gewesen sei. Er war überrascht, als ich ihm sagte, dass sein Eintrag im Mitteilungsbuch im
Widerspruch zu dem Aushang des stellvertretenden Schulleiters stand und es daher zu den
Unsicherheiten bei Schülern und Kollegen
gekommen war. Anscheinend kannte Carsten

den Inhalt der 20 halbjährlich zu den Zeugnis-konferenzen ausgehängten Zettel nicht. Mein Ton war wohl schon etwas gereizt und so versprach er, nun extra auf dem Vertretungsplan zu vermerken, dass der Chor bei Frau Dunker **stattfindet**.

Leider hatten den Plan nicht mehr alle Schüler gelesen und so konnte ich nur mit einem Teil des Chores proben.

Mein Trost war, dass wir ja am Donnerstag vor dem Konzert noch einen Probentag geplant hatten, an dem ich zwei zusätzliche Stunden zur Verfügung haben würde.

Ich hatte auch dafür gesorgt, dass wir diesen Tag in den Terminplan des Schuljahres schreiben ließen, damit dann keine Lehrer mit ihren Klassen auf Wandertag gehen konnten. Das hatte uns nämlich im Vorjahr die Probenarbeit erschwert.

Noch vor dem Wochenende suchten einige Kollegen nach möglichen Terminen für einen Wandertag vor den Ferien und immer wieder bekam ich mit, dass sie dafür den Donnerstag wählen wollten. Ich wies dann immer auf unseren Probentag hin.

Der Kollege Klemm sprach mich an, ob ich denn bei der Abiturienten-Entlassungsfeier am Freitag in seinem Chor dabei sein würde. Er sei nämlich dringend auf die Mitwirkung der Lehrer in seinem Chor angewiesen, da einige Schüler dann auf Wandertag sein würden. Ich beruhigte ihn, dass unser Schulleiter an diesem Tag bestimmt keinen Ausflug genehmigen würde.

Dem Kollegen, der den Ausflug plante, hielten Dietmar Vierde und ich noch einen Vortrag über moralische Verpflichtungen und Wertschätzung der Abiturienten, weil es uns doch sehr erstaunte, dass er – und scheinbar auch andere Kollegen – auf die Idee gekommen waren, diesen Tag für einen Klassenausflug zu wählen.

Bei den Überlegungen floss mit ein, dass ja auch in der Woche der jährliche Abiturstreich stattfinden musste, d.h. an einem Tag für ein paar Stunden der Unterricht von den Abiturienten überraschend lahm gelegt werden würde. Nun hatte ich doch Sorge, dass dieser Streich am Donnerstag stattfinden könnte und fragte unseren Hausmeister und den Oberstufenkoordinator nach dem Termin. Der Hausmeister hüllte sich in Schweigen und der Koordinator kannte den Termin nicht. Also schrieb ich folgende E-Mail an unseren Schulleiter:

Hallo Herr Wedel,

wie Sie wissen, planen wir ja seit Beginn des Schuljahres das Sommerkonzert am vorletzten Schultag und haben seitdem auch die Probentage am Donnerstag, den 20.6. und am Dienstag, den 25.6. in den Terminplan geschrieben. Inzwischen hat sich herausgestellt, dass wir diese auch dringend benötigen.

Unsere Befürchtung ist nun, dass am Donnerstag der Abi-Streich sein könnte, sodass die Proben nicht stattfinden können. Dadurch wäre das Sommerkonzert gefährdet und Herr Klemm hätte Probleme die Umrahmung der Abi-Entlassungsfeier hinzubekommen.

Herr Bernstein sagte mir heute, dass Sie den Termin mit den 12ern abgesprochen haben. Sollten Sie nicht an unsere Proben gedacht haben und sollte nun tatsächlich am Donnerstag der Streich stattfinden, muss dringend eine Lösung gefunden werden.

Ich hoffe natürlich auf Entwarnung, andererseits auf Nachricht von Ihnen, wenn eine Alternative gefunden werden muss.

Viele Grüße
Anke Dunker

Am Montag der folgenden Woche gab mir unser Schulleiter Entwarnung und damit war klar, dass der Abi-Streich am Mittwoch stattfinden würde. Natürlich hoffte ich, dass dieser von der 1. bis 4. Stunde sein würde, so dass ich die reguläre Chorprobe in der 7. Stunde noch durchführen könnte.

Leider hatten wir aber an dem Mittwoch über 30° Hitze und die Schüler waren nach Beendigung des Streiches in der 5. Stunde nicht mehr zu gebrauchen und so war es naheliegend, dass unser Schulleiter sich für Hitzefrei nach der 5. Stunde entschied. Somit fiel auch diese Probe ins Wasser und ich setzte alle Hoffnungen auf die 5. und 6. Stunde am Donnerstag.

Inzwischen hatte Herr Wedel auch in das Mitteilungsbuch geschrieben, dass er wegen des Probentages keine Schulausflüge am Donnerstag genehmigen würde.

Eigentlich habe ich planmäßig donnerstags keine Unterrichtsverpflichtung. Da Bastian Klemm mich gebeten hatte, an seiner Probe teilzunehmen, fahre ich zur 4. Stunde zur Schule. In der 5. und 6. Stunde ist laut Probenplan mein Chor dran.

Die Probe des Kollegen ist sehr ineffektiv, denn seine Schüler diskutieren eigentlich nur darüber, wo wer stehen will bzw. nicht stehen will. Da Bastian seine Noten verlegt hat, wird erst einmal eine Pause eingelegt. Danach wird nur noch ein Lied geprobt.

Endlich habe ich in der 5. Stunde einmal meinen ganzen Chor versammelt. Gut gelaunt gehe ich auf die vielen Ideen, die die Schüler noch haben, ein. Allerdings muss ich sie auch bremsen, da die Zeit natürlich sehr knapp bemessen ist.

Nach der Absprache diverser Termine und dem Einsingen, stellen wir fest, dass wir für jedes der vier Lieder eine andere Aufstellung brauchen. So üben wir erst einmal das Aufstellen und Umstellen.

Für den ersten Song *Lollipop* müssen die gebastelten Lollipops verteilt werden. Da jeder **seinen** haben will, dauert auch dieses eine gefühlte Ewigkeit. Gerade haben wir das Lied einmal durchgesungen und festgestellt, welche Unsicherheiten es noch gibt, da fragt eine Schülerin, ob es sein könnte, dass wir auch heute Hitzefrei bekommen. Ich sage „Nein, Herr Wedel weiß, dass wir heute unseren Probentag haben und darauf nimmt er ganz sicher Rücksicht. Bisher hat er auch immer die Lehrer gefragt, ob sie noch etwas Wichtiges mit den Schülern vorhaben, bevor er Hitzefrei gab." Ich habe meinen Satz gerade beendet, da ertönt auch schon die Durchsage unseres

172

Schulleiters. Die Jahrgänge 5 bis 9 sollen Hitzefrei nach der 5. Stunde bekommen.

Die Schüler jubeln. Als sie meine Enttäuschung sehen, erkenne ich ein Bangen in ihren Gesichtern, ob ich sie wohl trotzdem noch in der 6. Stunde hier behalten würde. Ich muss sie gehen lassen und rufe ihnen zu „Achtet auf den Aushang. Irgendwann müssen wir ja endlich mal proben!" So langsam wird mir aber klar, dass es keinen Termin mehr geben würde. Am Freitag wird für die Abiturienten-Entlassungsfeier aufgebaut und der gemischte Chor probt. Montag ist Sportfest und am Dienstagvormittag ist eigentlich nur noch die Technik-Probe, in der alle Gruppen und Einzelbeiträge untergebracht werden müssen.

Einigen Schülern meines Chores sage ich noch, dass wir dann wohl unser Programm kürzen müssen und dass ich wohl „I follow rivers" streichen würde, da wir es bisher kaum geprobt haben. Ich sehe ihre Enttäuschung; denn dieses Lied war ein großer Wunsch von ihnen.

Ich bin ebenso enttäuscht, empfinde eine wahnsinnige Frustration und habe eine Wut im Bauch!

Ich kann es nicht fassen und erinnere mich, dass Herr Wedel als ich kam gerade vor der Tür stand, um zu sehen wie warm es war. Ich hatte ihm gesagt, dass meine Anzeige im Auto nur 23° zeigte und dass ich nun zum Singen gehen wollte. Jetzt ärgere ich mich, dass ich ihm nicht noch ausdrücklich gesagt habe, dass er auf keinen Fall Hitzefrei geben darf.

Im Lehrerzimmer lasse ich meinen Tränen freien Lauf. Die Kollegen sind eifrig um Lösungen bemüht und reden auf mich ein. Bastian Klemm verspricht mir, dass ich am Dienstag zwei Stunden für meinen Chor im Probenplan bekomme. Das bedeutet, dass ich von der 1. bis 7. Stunde mit den Proben beschäftigt

174

sein werde, weil ich ja auch noch mit zwei 5. Klassen üben muss, die ebenfalls je ein Lied beim Konzert zur Aufführung bringen werden. Die großen Pausen kann ich auch nicht nutzen, da in der ersten großen Pause der Carsten Grassmann im Kollegium verabschiedet wird und in der zweiten großen Pause ein Forumstreffen mit ihm und den Schülern stattfindet. Außerdem muss ich unbedingt an den Proben des Kollegen Klemm teilnehmen, da ich ja auch dort noch nicht viel mitbekommen habe.

Bevor ich nach Hause fahre, gebe ich noch Carsten Grassmann Bescheid, dass er am Dienstag auf keinen Fall die 7. Stunde in der 5b ausfallen lassen darf; denn die Klasse soll in der dann die Technik-Probe haben, da ich dort planmäßig Musikunterricht habe.

Ich ärgere mich nun auch über die vielen zusätzlichen Stunden, denn eigentlich hätte ich dienstags nur eine Unterrichtsverpflichtung von drei Stunden. Unser Koordinator nimmt dieses natürlich auch nicht wahr, anders kann ich mir nicht erklären, dass ich an den Tagen zuvor auch noch zweimal zur Vertretung eingesetzt wurde, so dass ich innerhalb einer Woche inklusive des Konzertes auf 14 Zusatzstunden komme. Ganz nebenbei habe ich das Abschiedslied für den Kollegen Grassmann gedichtet, die Proben mit dem Kollegenchor organisiert und mich um das Geschenk für Carsten gekümmert.

Auf dem Weg nach Hause zerfließe ich vor Selbstmitleid und überlege sogar, ob ich meine Teilnahme beim Sommerkonzert nicht ganz absage. Natürlich verwerfe ich den Gedanken sofort, da ich damit ca. 85 Schüler enttäuschen würde.

Doch meine Wut im Bauch bleibt.

Aus Erfahrung weiß ich, dass ich mich besonders gut beim Schwimmen abreagieren kann und so gehe ich sofort ins Schwimmbad. Tatsächlich gelingt es mir, auch einmal die Perspektive unseres Schulleiters einzunehmen und mir wird bewusst, dass er zum Schuljahresende ganz andere Dinge im Kopf hat als unser Sommerkonzert. Jetzt weiß ich gar nicht mehr, gegen wen ich meinen Ärger richten soll.

Am nächsten Tag habe ich eine kurze Begegnung mit Herrn Wedel. Mit einem unsicheren Lächeln im Gesicht sagt er: „Frau Dunker, das mit gestern tut mir leid, das ist mir so durchgerutscht." Ich antworte, dass mir das leider nicht hilft und ergänze, dass ich es aber verstehen kann. Dabei denke ich: „Vielleicht muss mir auch einfach einmal etwas so durchrutschen!" Denn mir ist klar, dass etwas mehr

Lockerheit meiner Gesundheit bestimmt gut täte.

Dienstag – Technikprobe:

In der Chorprobe von Bastian Klemm ist schlechte Stimmung, da seine Schüler größtenteils lieber in ihren Klassen sein würden, die am letzten Schultag gerade gemeinsam frühstücken oder einen Film gucken.

Wie zu erwarten, geht die Verabschiedung von Carsten Grassmann in der ersten großen Pause weit in die dritte Stunde hinein, so dass die Probenzeit mit meinem Chor stark verkürzt wird. Das gedichtete Lied wird von einigen Kollegen vorgetragen und als scheidender Lateinlehrer erhält er vom Kollegium eine Toga, die von allen mit netten Wünschen und Zitaten beschrieben worden war. Sabine Laster und ich wickeln Carsten darin ein. Es folgen lange Reden und bei der letzten schleiche ich mich schließlich doch aus dem Lehrerzimmer, da ich mal wieder wie auf Kohlen sitze und mir die Chorprobe im Moment wichtiger ist.

Das Forumstreffen mit den Schülern am Ende der zweiten großen Pause geht so weit in die 5. Stunde hinein, dass nur noch Sigrid Mülder mit ihrer 5a proben kann und auch muss, denn die Klasse hat nach dieser Stunde Unterrichtsschluss. Also muss ich mit der 5c warten und übe nur kurz in der 6. Stunde. Der Plan hat sich inzwischen um eine Stunde verschoben.

Zu allem Überfluss gibt es Ende der 6. Stunde kurz bevor ich noch die Aufstellung mit der 5c probieren will, einen Feueralarm und die ganze Schule muss geräumt werden. Es handelt sich um einen Fehlalarm, der unerklärlicherweise durch einen Rauchmelder hoch oben unter dem Turnhallendach ausgelöst wurde. So langsam denke ich an Sabotage; denn so viele Zufälle kann es doch gar nicht geben!
Dann muss die Aufstellung der 5c am Abend eben ohne Probe geschehen.

In der 7. Stunde kann ich Petra Kluge überreden, dass ich mit der 5b vor ihrer Trommel-AG auf die Bühne komme. Es klappt zum Glück alles recht gut, sodass wir schnell fertig sind.

Nicht zu vergessen sind allerdings die vielen kleinen Begebenheiten mit einzelnen Schülern, über die ich mich immer wieder wundern muss. Da sind zum Beispiel die Schüler der 5. Klassen, die mir während der Probe mitteilen, dass sie nicht zur Aufführung kommen werden, obwohl wir fast ein Jahr für diesen Auftritt im Unterricht geübt haben und es eine wichtige Gemeinschaftsaktion der Klasse darstellt.

Arvid kommt zum Lehrerzimmer, um mir zu sagen, dass er zum letzten Mal vor den Ferien zum Schnitzen muss, weil es dort einen Abschluss gibt.

Ich: Wann musst du denn dort sein?

Arvid: Um halb sieben.

Ich: Dann fahr doch dort etwas später hin. Wir sind ziemlich am Anfang dran. Dann kannst du ja danach gehen.

Arvid: Nein, der Kurs ist um halb sieben zu Ende.

Ich: Ist der Kurs jetzt beendet oder geht er nach den Ferien weiter?

Arvid: Der geht dann weiter.

Ich: Dann kannst du doch jetzt einmal fehlen. Guck mal, wir proben jetzt so lange für den Auftritt und nachher reden alle darüber. Das ist doch ein Gemeinschaftserlebnis der ganzen Klasse.

Arvid: Na gut, das verstehe ich. Dann komme ich.

Arvid ist am Abend dabei.

Kurz danach spricht mich Norbert an.

Norbert:	Frau Dunker, meine Mutter hat heute einen Termin und da muss ich zu Hause bleiben, weil ich auf meine kleine Schwester aufpassen muss.
Ich:	Nein, das kann doch nicht sein. Da muss sich deine Mutter eine andere Lösung überlegen. Du hast den Termin doch schon seit einiger Zeit und das ist so ähnlich wie eine Klassenfahrt. Wir planen und beschäftigen uns damit schon so lange und hinterher wird bestimmt darüber geredet und dann warst du nicht dabei.
Norbert:	Ja.

Er ist den Tränen nahe. Ich lege meinen Arm um seine Schultern.

Ich:	Ich weiß ja, dass du nichts dafür kannst. Aber sag das deiner Mutter, dass ich das nicht richtig finde. Wenn du dann nicht da bist, weiß ich auf jeden Fall Bescheid.

Norbert kommt abends leider nicht.

Und später noch Max:

Max: Frau Dunker, ich singe ja nur.

Ich: Was soll denn das heißen?

Max: Ich bin heute bei meiner Oma und kann nicht kommen.

Ich: Wenn das alle Sänger sagen, dann singt niemand mehr.

Max: Nein, ich meine ja, es kann mich keiner fahren.

Ich: Und kannst du bei keinem deiner Mitschüler mitfahren? Wo wohnt denn deine Oma?

Mika: In Mohrberg und da wohnt keiner.

Ich: Aber würden dich nicht vielleicht die Eltern eines Freundes, die in Mortum oder Bockwedel wohnen, holen können?
         Also ich würde das für den Freund meines Sohnes tun.
         Frag doch einfach mal rum.

Max: Ja, mach ich.

Max erzählt mir am Abend ganz stolz, dass ihn Roberts Eltern geholt haben.

Weitere Begegnungen:

Frieda berichtet mir schon ein Tag vorher, dass ihre Geige für sie zu klein geworden ist und dass sie darauf gar nicht mehr gut spielen kann. Meine Antwort: „Wenn du darauf so wie im Unterricht spielst, ist das für mich vollkommen in Ordnung. Ich habe da keine Schwierigkeiten bemerkt."
Zur Technik-Probe hat sie ihre Geige nicht dabei. Ich erkläre noch einmal, dass diese Probe dafür da ist, um zu sehen, welche Instrumente mit Hilfe eines Mikrofons verstärkt werden müssen und dass ohne Instrument die ganze Probe nichts nützt.

Mit den Blockflöten-Spielern der 5c hatte ich verabredet, dass sie einen Kasten mit auf die Bühne nehmen, damit die Flöten nicht wegrollen, wenn sie sie ablegen; denn die Flötisten müssen zwischendurch auch singen und Bewegungen mitmachen.

Als wir auf dem Weg zum Musikraum sind, um die Orff-Instrumente zu holen, geht Gustav mit dem Kasten in der Hand neben mir.

Gustav: Frau Dunker, meine Flöte habe ich noch nicht mit. Aber ich übe zu Hause.

Gustav hatte im Musikunterricht sehr häufig seine Flöte vergessen und sein Ansatz ließ zu wünschen übrig.

Ich: Aber Gustav, die Probe ist doch dafür da, um zu testen, welche Instrumente zu laut sind und welche verstärkt werden müssen. Das geht ja nun gar nicht!

Gustav: Ja, aber ich üb dann zu Hause.

Ich: Da hast du aber doch kein Mikrofon!

Später bei der Probe stelle ich fest, dass die Flöten generell zu laut sind und den Gesang überdecken.

Ich: Gustav, du brauchst deine Flöte dann heute Abend auch nicht mitzubringen, denn die Flöten sind doch zu laut.

Es ist eine sehr unpädagogische Entscheidung, aber als Konsequenz für Gustavs wiederholtes Vergessen finde ich sie auch vertretbar.

Während des Konzertes, als die Schüler an mir vorbei auf die Bühne gehen, hält mir Gustav seine Flöte wedelnd vors Gesicht.

Gustav: Ich hab' sie mit!

Ich: *Schmunzelnd.* Na gut, dann flöte auch.

Als ich in der siebten Stunde mit der 5b die Instrumente hole, läuft Merlin neben mir.

Merlin: Frau Dunker, warum sind die Veranstaltungen eigentlich immer dienstags?

Ich: Wieso immer dienstags? Die Werkschau war zum Beispiel Mittwoch, die Abi-Entlassung am Freitag.

Merlin: Ja, aber ich habe doch Theater gespielt und da hatten wir auch am Dienstag eine Aufführung. Und jetzt muss ich schon wieder beim Fußball fehlen, weil wir da immer Training haben.

Ich: Naja, wer viele AGs macht, hat natürlich auch viele Termine. Aber wenn du sonst immer da bist, dann macht doch zweimal Fehlen auch nichts. Oder hast du schon öfter gefehlt?

Merlin: Nein, aber ich würde lieber Fußball spielen als hier heute aufzutreten.

Ich	Das tut mir leid, aber das machst du doch auch für die Klasse und du hast ja auch eine Sonderaufgabe mit dem Xylophon übernommen. Da kannst du schon gar nicht fehlen.
Merlin:	Ja, ich komm' ja auch, aber …

Ich höre ihm nicht mehr zu, weil wir am Musikraum angekommen sind.

Eine halbe Stunde vor dem Konzert.
Mit Bastian Klemm habe ich verabredet, dass mein Chor sich im Musikraum 1 einsingt und sein Chor im Musikraum 2. Als wir uns begegnen ist er sehr gereizt.

Klemm:	Jetzt ist in dem Raum auch noch der Klavierunterricht der Musikschule! Dann gehe ich jetzt in den Lehrmittelraum. Stört dich das?
Ich:	Nein, natürlich nicht. Wir müssen doch flexibel sein, sonst käme so ein Konzert doch gar nicht zustande.
Klemm:	Ich frage mich wirklich manchmal, warum man sich diesen Stress antut.
Ich:	Das habe ich mich die letzten Tage auch schon gefragt.
Klemm:	Der Auftritt bei der Abi-Entlassung

185

hätte mir eigentlich schon gereicht.

Ich: Ja, mir geht's genauso.

In der Pause des Konzertes.

Julian: Wir sind ja schon fertig. Dürfen wir eigentlich schon gehen?

Ich: Nein, die letzten im Programm möchten ja auch noch Zuhörer haben und ich habe euch doch gesagt, dass es nicht nur darum geht, sich selbst zu präsentieren, sondern auch darum, anzusehen, was andere Schüler leisten und da sind noch ganz tolle Beiträge im Programm.

Julian: Ach so.

Julian bleibt.
Hinterher fällt mir noch ein, dass er vor Beginn des Konzertes sogar in der zweiten Reihe Plätze für seine Eltern besetzt gehalten hatte.

Ich hatte meinen Schülern gesagt, dass wir nach der Veranstaltung noch gemeinsam aufräumen müssen und wir auf jeden Fall die Instrumente wieder in den Musikraum bringen werden. Nach der Veranstaltung war aber nur noch ein Schüler „greifbar". Meinen Musik-Kollegen ging es nicht anders und so beschlossen wir, am nächsten Tag während der ersten Schulstunde mit ein paar Schülern aufzuräumen.

Ich muss es kaum erwähnen. Wie immer klappte beim Sommerkonzert, abgesehen von den kleinen Widrigkeiten am Rande, doch alles wunderbar und am Ende fragte ich mich wieder „Was war eigentlich so nervenaufreibend daran?"

Und schon nach der ersten Ferienwoche ist der ganze Stress vergessen und nach kurzer Zeit beginne ich mit der Planung für die Aufführungen im nächsten Schuljahr…